「なんて言ったのか知らないけど……
あたしは絶対に嫌だからな」
鋼殻のレギオスⅣ
コンフィデンシャル・コール

「今度は手加減しない……」

「上等さ～。
刀も使えない腑抜けな技がおれっちに通用するか、
試してみたらいいさ～」

ずっと、
あんな日が続くと
思っていた……

鋼殻のレギオス 4
コンフィデンシャル・コール

雨木シュウスケ

ファンタジア文庫
1269

口絵・本文イラスト　深遊

目次

登場人物紹介

●レイフォン・アルセイフ　15　♂
　主人公。第十七小隊のルーキー。グレンダンの元天剣授受者。戦い以外優柔不断。
●リーリン・マーフェス　15　♀
　レイフォンの幼馴染にして最大の理解者。故郷を去ったレイフォンの帰りを待つ。
●ニーナ・アントーク　18　♀
　新規に設立された第十七小隊の若き小隊長。レイフォンの行動が歯がゆい。
●フェリ・ロス　17　♀
　第十七小隊の念威繰者。生徒会長カリアンの妹。自身の才能を毛嫌いしている。
●シャーニッド・エリプトン　19　♂
　第十七小隊の隊員。飄々とした軽い性格ながら自分の仕事はきっちりとこなす。
●ハーレイ・サットン　18　♂
　錬金科に在籍。第十七小隊の錬金鋼のメンテナンスを担当。ニーナとは幼馴染。
●メイシェン・トリンデン　15　♀
　一般教養科の新入生。強いレイフォンにあこがれる。
●ナルキ・ゲルニ　15　♀
　武芸科の新入生。武芸の腕はかなりのもの。
●ミィフィ・ロッテン　15　♀
　一般教養科の新入生。趣味はカラオケの元気娘。
●カリアン・ロス　21　♂
　学園都市ツェルニの生徒会長。レイフォンを武芸科に転科させた張本人。
●ゴルネオ・ルッケンス　20　♂
　第五小隊の隊長。レイフォンと因縁あり。
●シャンテ・ライテ　20　♀
　第五小隊の隊員。隠す気もなくゴルネオが好き。
●キリク・セロン　18　♂
　錬金科に在籍。複合錬金鋼の開発者。目つきの悪い車椅子の美少年。
●アルシェイラ・アルモニス　??　♀
　グレンダンの女王。その力は天剣授受者を凌駕する。
●シノーラ・アレイスラ　19　♀
　グレンダンの高等研究院で錬金学を研究しているリーリンの良き友人。変人。
●ハイア・サリンバン・ライア　18　♂
　グレンダン出身者で構成されたサリンバン教導傭兵団の若き三代目団長。
●ミュンファ・ルファ　17　♀
　サリンバン教導傭兵団所属の見習い武芸者。弓使い。
●ディン・ディー　19　♂
　シャーニッドが昔所属していた第十小隊の現隊長。禿頭の信念の強い策士。
●ダルシェナ・シェ・マテルナ　19　♀
　第十小隊副隊長。美貌の武芸者。シャーニッドとの間に確執がある。

プロローグ

開始のサイレンと同時に、静止していた空気が爆発《ばくはつ》したように動き出す。

その空気の中でシャーニッドは一人、激流《げきりゅう》のように動き出す気配の隙間《すきま》を息を殺してすり抜《ぬ》け、慎重《しんちょう》にしかし素早《すばや》く移動《いどう》していく。

手にした軽金錬金鋼《リチウムダイト》の狙撃銃《そげきじゅう》が音を立てないように走る。

音を立てないこと、他人に自分の存在を知られないこと……それがこの時のシャーニッドの役目だ。忠実《ちゅうじつ》にこなす。忠実にこなすことに意味がある。対戦相手の小隊、特に念威《ねんい》繰者《そうしゃ》は必死になって念威端子《たんし》を野戦グラウンド中に飛び回らせシャーニッドを探《さが》しているに違《ちが》いない。

その監視《かんし》の目をくぐって進むことに、シャーニッドは腹《はら》の奥《おく》に塊《かたまり》が出来上がっていくような緊張感《きんちょうかん》を覚える。

慎重さを要求される全身の神経《しんけい》が焦《じ》れて暴走《ぼうそう》したがっている。ここで大きな声でも出せばどうなるか……そういう、埒《らち》もない想像が頭の隅《すみ》をよぎっていく。

全《すべ》てを台無しにしたい……そんな未来への懸念《けねん》を絶対的に無視した、現在だけの欲求《よっきゅう》を弄《もてあそ》びながらシャーニッドは作戦位置に辿《たど》り着いた。

敵《てき》小隊の武芸者や念威繰者に見つからないよう、静かに活剄《かっけい》の密度《みつど》を上げて視力《しりょく》を強化する。念威繰者のサポートのみでも敵を捉《とら》えることはできるが、いざとなれば頼《たよ》りになるのは自分自身の感覚だ。念威繰者のサポートだけでは、どうしても察知《さっち》から行動までにワンクッション、余計《よけい》な過程《かてい》が入ってしまう。武芸者同士の戦いは特に速度が重要だ。削《けず》れるものは少しでも削らなければいけない。

ソリッドになる。この瞬間《しゅんかん》、シャーニッドは弾倉《だんそう》に放り込まれた弾頭に注《そそ》がれる剄の境《きょう》地《ち》になる。弾倉の中にジャラジャラと詰《つ》まった固形麻酔薬《こけいますいやく》の弾丸。その一つ、バネ仕掛《じか》けで薬室に運ばれた弾丸に剄をまとわせる。銃爪《ひきがね》を引くと薬室内に一点だけある紅玉錬金鋼《ルビーダイト》が弾丸を覆《おお》う剄の一部を変化させ、火炎化《かえんか》、膨張《ぼうちょう》、爆発し炎気を纏《まと》った剄弾を撃《う》ち出す。

それら一瞬で行われる過程を感じることができる。後はその瞬間を待つだけだ。

野戦グラウンドの中央では戦いが起きている。中央を貫《つらぬ》く黄金の奔流《ほんりゅう》を見つめる。

奔流の正体は、シャーニッドの仲間だ。

ダルシェナ・シエ・マテルナ。

巨大《きよだい》な突撃槍《ランス》を構《かま》えて突貫《とっかん》するダルシェナの姿は、氾濫《はんらん》した河川《かせん》のようでもあり、同時に一筋《ひとすじ》の矢のようでもある。

黄金の河川の氾濫。

無数の螺旋《らせん》を描《えが》く彼女の金髪《きんぱつ》を見ていると、そう思ってしまう。泡立《あわだ》つ奔流を引き連れて行進し、あらゆる敵をなぎ倒《たお》し飲《の》み込《こ》んでいく。

その氾濫を止めさせないためにシャーニッドが、そしてもう一人、ディンがいる。シャーニッドが奔流を遮《さえぎ》ろうとする堰《せき》に穴《あな》を穿《うが》つ役目ならば、ディンの役目は穴を押し広げる役だ。

銃爪を引く。念威繰者からの情報を自分の目で確かめ、剄弾を射出《しゃしゅつ》する。フラッグに向かって突撃するダルシェナを、横合いから強襲《きょうしゅう》しようとした敵小隊員を狙《そ》撃《げき》したのだ。三人からいた敵小隊員の一人が突然倒れる。出端《ではな》をくじかれて怯《ひる》む敵小隊員に影《かげ》のように接近《せっきん》したディンの攻撃《こうげき》が襲《おそ》いかかる。

そのディンに援護《えんご》でもう一射《いっしゃ》すると、シャーニッドは場所を変更《へんこう》するために立ち上がった。味方の念威繰者が、こちらに接近してくる気配を伝えてきたからだ。

そうでなくても、射撃位置がばれてしまっては命中率《めいちゅうりつ》が落ちる。

移動する前に、シャーニッドは止まることなく直進するダルシェナを見た。直《じき》に陣前《じんぜん》で防衛《ぼうえい》する小隊員との戦闘《せんとう》となる。その時こそダルシェナが最大の攻撃力を発揮《はっき》する瞬間で、その場面で何もできないようなことになっていてはいけない。彼女を最大の効果《こうか》が発揮できる場所に連れて行く。それがシャーニッドとディンの役割だ。移動を急ぐ必要があるのだけれど、シャーニッドはダルシェナの背中《せなか》を見つめた。

(今日は勝つな)

ダルシェナのフラッグから一筋も視線《しせん》を外《はず》さない姿を見ていると、自然にそう感じることができ、シャーニッドは移動を急いだ。

そう感じたあの日から、一年が過ぎた。

01　彼女の主張《しゅちょう》

「あたしは嫌《いや》だからな」

朝一番、図書館前の芝生《しばふ》でのんびりと仮眠《かみん》を取っていると、ナルキに胸倉《むなぐら》を摑《つか》まれてこう言われた。

ツェルニは現在、セルニウム鉱山《こうざん》での採掘《さいくつ》作業もあって休講《きゅうこう》となっていた。採掘作業が終わるのは早くて一週間ほどかかりそうだというのが、生徒会からの発表だ。

実際の採掘作業は重機を扱《あつか》える工業科の生徒に、後は肉体派の有志《ゆうし》たちによって行われるのだが、他の科も彼らを様々な面で支援《しえん》するため、下級生たちの授業を行う上級生の数が足《た》りなくなる。そういうことでの休校だった。

レイフォンは機関掃除《きかんそうじ》のバイトの帰りに、図書館前の芝生で開館時間まで仮眠をとっていた。前日にメイシェンたちから休暇《きゅうか》中の課題《かだい》を片付《かたづ》けてしまおうと提案《ていあん》されたからだ。一度寮《りょう》に戻《もど》って仮眠をとって着替《きが》えてまた移動《いどう》……という行程《こうてい》が面倒《めんどう》だったレイフォンはスポーツバックを枕《まくら》にして寝《ね》ていたのだが、そこに気配が近づいてきたかと思うといきなりナルキに胸倉を摑まれていた。

胸倉をつかまれたまま、レイフォンはわけがわからず辺《あた》りを見回した。

ナルキは、なんだかとても怒《おこ》っていた。

その後ろで、メイシェンとミィフィも困惑《こんわく》した顔をしている。彼女たちも理由《りゆう》がわかっていないようだ。

「え？　え？」

「えっと……なに？」

「レイとんだろう、隊長《たいちょう》さんにあたしのことを言ったのは」

「は？」

ますますわけがわからない。

「なんて言ったのか知らないけど……あたしは絶対に嫌だからな」

「……ごめん、まったく事情が飲み込めないんだけど」

「……レイとんじゃないのか？」

ナルキが困惑した様子で胸倉から手を放《はな》した。

「だから、なに？」

姉御肌《あねごはだ》でいつも落ち着いた雰囲気《ふんいき》のナルキにしては取り乱《みだ》していた。

「だから、隊長さんだよ。隊長さんがあたしのところに来たんだ。昨日《きのう》の晩《ばん》、署《しょ》の方に」

「……あ、ああ」

「やっぱり、レイとんだな⁉」

「違《ちが》うよ、僕《ぼく》は何も言ってない。いや、言ったかな……あ、待って待って、言ったけど、それは隊長に意見を求められたからだよ。隊長は最初からナルキに目をつけてたんだって」

再び胸倉を摑まれそうになって、レイフォンは慌《あわ》ててナルキを止めた。

「なんでだ？」

「知らないよ」

ナルキが「むう」と唸《うな》る。レイフォンはすっかり目が覚《さ》めてしまった。

「えーと……まるきり事情が飲み込めないんだけど」

それまで黙《だま》っていたミィフィが手を上げてそう言った。

「なにがどうなってんの？」

メイシェンもこくこくと頷《うなず》いている。

「……レイとんとこの隊長さんにスカウトされた」

『……ええっ！』

苦々しい顔で答えるナルキに二人が驚《おどろ》きの声を上げた。

簡単《かんたん》に言えば、ニーナがついに行動を起こしたということだ。三日後に予定している第十七小隊の合宿前に、新メンバーを一人入れたいと考えているのだろう。

少数精鋭《せいえい》を気取るつもりはないと明言していたし、前回の調査《ちょうさ》の時にも、隊員がいればどうにかなっていた危機《きき》があった。

どこでナルキに目を付けたのか？　はレイフォンにはわからない。だが、ナルキのことをレイフォンに聞いていたので、いつかは彼女に話がいくだろうなとは思っていた。

「いい迷惑《めいわく》だ」

図書館の自習室でレポート用紙に書き込《こ》みながら、ナルキがはっきりと言った。

「あたしは、小隊員になるつもりはないからな」

「うん、まぁそうだろうなぁとは思ってたんだけど……」

ニーナがそれで諦《あきら》めるとは思えない。

第十七小隊の弱点ははっきりとしている。小隊規定《きてい》ぎりぎりの人数。戦闘要員《せんとうよういん》が最大七人まで許《ゆる》されている中で、最低数の四人しかいないということだ。

対抗試合《たいこうじあい》での攻撃側《こうげきがわ》になっていれば、まだやりようはいくらでもある。隊長のニーナが倒《たお》れなければ負けではない。ニーナが粘《ねば》っている間に、レイフォンやシャーニッドがどうにかすれば済《す》む問題だからだ。

だが、防御《ぼうぎょ》側に回ると人数差の問題がはっきりと出てくる。守らなければいけないのはまるで動かないフラッグで、隊員全員が一人ずつ止めたとしても三人が自由に動けることになってしまうからだ。

隊員は一人でも欲《ほ》しい。

だが、隊員になれそうな実力の生徒はすでに他の小隊に取られているし、またいたとしても、比較的《ひかくてき》低学年層《そう》で構成《こうせい》されている第十七小隊に入りたがる上級生がいない。ニーナは一、二年生の中で将来《しょうらい》有望そうな生徒に声をかけることにしたのだ。

それで選んだのがナルキなのだが……

「あたしは都市《とし》警《けい》で働いていたいんだ。レイとんには悪いけど、小隊員なんてやってる暇《ひま》はない」

「うーん、それは僕もわかってるんだけどね」

わかっているからどうにかできる……というものでもない。なにしろ、ニーナは思い込んだらまっすぐな人だ。その情熱《じょうねつ》はすごいと思うのだけれど、一度こうと決められたら、どう止めていいのかがまるでわからないということでもある。

「いいじゃん、なっちゃえば」

課題に飽《あ》きたらしいミィフィがペンを投げ出して、そう言った。

「気軽に言うな」

「えーどうしてよ？　レイとんだって小隊にいて機関掃除のバイトもしたりしてるじゃん。隊長さんだってレイとんと同じバイトだし、できないことはないと思うよ？」

「できるできないなら、そういうやり方もあるだろうさ。だけど、あたしは半端《はんぱ》な真似《まね》をしたくないんだ。あたしはレイとんほどには器用《きよう》じゃないし、実力があるわけでもない」

たとえにあげられたレイフォンは困《こま》った顔で笑うしかなかった。自分が器用な人間だとはとても思えないけれど、実力があるということはさすがに否定《ひてい》できない。

レイフォンは生まれ故郷《こきょう》のグレンダンで天剣授受者《てんけんじゅじゅしゃ》と呼《よ》ばれたこともあるほど、優《すぐ》れた武芸《ぶげい》の才《さい》を持っている。だが、そのために武芸の道を捨《す》てるつもりでやってきたツェルニで武芸科に入れられたりしているのだが、それもいまではまぁいいかなと思うようになっていた。

武芸以外の道に進むことを諦《あきら》めたわけではなく、ツェルニの窮状《きゅうじょう》をどうにかした後でも決して遅《おそ》くはないと割《わ》り切《き》れるようになってきたのだ。

「とにかく、レイとん、あたしが嫌だっていうのをちゃんと隊長さんに伝えておいてくれよ」

「……がんばってみる」

念押しでそう言われても、レイフォンは困った顔をするぐらいしかできることが思いつかなかった。

†

そんな話をしていたので、結局、課題にはあまり集中できず、メイシェンの弁当《べんとう》をごちそうになった後も雑談《ざつだん》ばかりになってしまった。

時間が来て解散《かいさん》となり、レイフォンは三人と別れて練武館《れんぶかん》へと向かう。

最近は夜の寒さもだいぶなくなり、昼間は制服《せいふく》をきっちりと着込んでいると汗《あせ》ばむようになってきた。都市が暑い地域《ちいき》に入りだしたのだ。いまはセルニウムの採掘で足を止めているが、再《ふたた》び移動を開始すれば温度はまた上がってくるかもしれない。

空から降り注《そそ》ぐ陽光を眩《まぶ》しげに見上げながら、レイフォンは練武館へと入った。

練武館の内部は本来、一つの広大な空間なのだが、いまはパーティションでいくつもの部屋に分かれている。防音《ぼうおん》効果のあるパーティションを揺《ゆ》るがす訓練《くんれん》の音がひしめく中をレイフォンは進み、第十七小隊に割り当てられた部屋へと入った。

他の部屋がまるで音で争っているかのような中で、ここは静かだった。

比較的《ひかく》、静かだった。

「おはようございます」

ドンドンドンという音が間断《かんだん》なく部屋の中で鳴り響《ひび》いている。

レイフォンより先に来ているのがニーナだけというのは、いつものことだった。

そのニーナはパーティションの壁《かべ》に立てかけられた板に、両手にもった黒鋼錬金鋼《クロムダイト》の鉄鞭《てつべん》で無数の硬球《こうきゅう》を打ち込んでいる。

「おはよう」

板から跳《は》ね返ってきた硬球を鉄鞭で全《すべ》て打ち返しながらニーナが応《こた》えた。

「ナルキに声をかけたんですね」

「……ああ」

返事をしたことで集中が乱《みだ》れたらしい。振りぬいた鉄鞭の下を硬球がいくつか駆《か》け抜《ぬ》けて、背後《はいご》の壁に当たった。

武芸者の活剄《かつけい》の走った膂力《りょりょく》で打っているのだ。硬球にこめられた勢《いきお》いはすぐには止まらず、壁を打ってニーナの背《せ》を襲《おそ》う。ニーナは身を捻《ひね》ってそれをかわし、再び跳ね返ってきた硬球をまた打ち返した。

「僕が怒《おこ》られたんですよ」

言いながら、レイフォンも腰《こし》の剣帯《けんたい》から錬金鋼《ダイト》を抜き出して復元《ふくげん》した。青石錬金鋼《サファイアダイト》の剣身が照明を受けて青く輝《かがや》く。

活剄を全身に巡《めぐ》らせて、ゆっくりと体の調子を上げていると、ニーナがおもむろにレイフォンに向かって跳ね返ってきた硬球を打ってきた。跳ね飛ぶ無数の硬球の全てをだ。

レイフォンは、迫《せま》る硬球全てを剣で打ち返す。

「あそこまで嫌《いや》がるとは思わなかった」

ニーナが意外そうな口調でそう言い、戻《もど》ってきた硬球を打ち返す。

二人は硬球を打ち合いながら会話を続けた。

「なんでまた署《しょ》にまで押《お》しかけたんですか？」

「目を付けていたのは前にも言ったな？　そろそろ期限《きげん》だと思ったからな」

「期限？」

「武芸大会……都市との縄張《なわば》り争いは、いつ始めますなんて告知《こくち》はないだろう？」

「ああ、そうですね」

武芸大会と名づけられた学園都市のぶつかり合いは学園都市連盟《れんめい》によってそのルールが管理されているとはいっても、いつ始まるかについては人間が管理できるものではない。

都市は自《みずか》らの意思で進む場所を決めて歩いている。

いつ戦いが始まるかまでは、誰《だれ》にも定められないのだ。

「学連の審判員《しんぱんいん》がまだ来てないのは気になるが、審判員なしで試合が始まるなんて例はよくあることのようだから、あまりそれはあてにならない。わたしはそろそろ本番が始まるような気がするんだ」

「どうしてです？」

「セルニウムの採掘《さいくつ》だ。試合の後、もし負けたらすることができない補給《ほきゅう》だからな。やるなら今のうちだろう？」

「ああ、なるほど。そうですね、戦うなら、補給はしっかりしておいた方がいいでしょうね」

「そうだ。本来ぶつかり合わない都市がぶつかるということは、普段《ふだん》の移動半径《いどうはんけい》からは外《はず》れた場所を進むということだ。そういう意味でも、補給は必要だ」

ニーナに言われて、武芸大会が近づいていることが実感できた。

これに負けたら、ツェルニは保有しているセルニウム鉱山《こうざん》を、いま採掘作業をしている最後の一つである鉱山を失い、ゆるやかな滅《ほろ》びを迎《むか》えることになる。

そうなればレイフォンにとっては人生で二度目の躓《つまず》きを迎《むか》えるということになる。ツェルニを出て行けばそれで済《す》むしやり直しがきくといえばそうなのだが、だからといって無《む》視《し》できるというものでもない。

ニーナに出会ってしまったからだ。

他にもフェリやメイシェン、第十七小隊やクラスメートたちに出会ってしまった。

ツェルニを失うということは、この出会いも失うということだ。

グレンダンから出て行くことになって、レイフォンは園のみんなと二度と会えなくなった。リーリンとは手紙だけのやり取りだ。

ツェルニでの出会いをそんな結末にしたくはなかった。

「新人を入れるなら、いまがぎりぎりだろう。実力的には追いつかなくても、自分の役割にそった動きを覚えさせるなら、今からでも遅《おそ》すぎるくらいだ」

話がナルキに戻った。

そこで、ニーナが再び球を打ち漏《も》らす。壁を跳ねた硬球がそのままニーナの脇《わき》を抜け、レイフォンの剣からも離れた場所を駆《か》けた。

「おいーっす」

そこにドアを開けてシャーニッドが入ってくる。

硬球は、シャーニッドの顔にまっすぐに向かっていた。

「おっと」

すぐ目の前にあった硬球を、シャーニッドはかがんでやり過《す》ごした。硬球は廊下《ろうか》の壁を打って跳ね回る。

「まぁた、そのゲームか？　好きだねぇ」

言いつつ、シャーニッドは廊下の狭《せま》い壁の間で跳ね続ける硬球を掴《つか》んで部屋の中に投げ込んだ。

「お前も入れ」

「フェリちゃんもやってきて、そのままあの地獄絵図《じごくえず》の再来《さいらい》かい？」

「負けたら夕食。あの賭《か》けに乗ってやるぞ」

珍《めずら》しいニーナの挑発的《ちょうはつてき》な発言に、シャーニッドがおやっという顔をしたが、すぐに乗ってきた。

「いいね」

剣帯《けんたい》にある三本の錬金鋼《ダイト》のうち二つを抜《ぬ》き出して復元《ふくげん》する。黒鋼錬金鋼《クロムダイト》の拳銃《けんじゅう》だが、銃身部分が分厚《ぶあつ》くなっていて、殴《なぐ》ることを前提《ぜんてい》にしていることがわかる作りだ。

普段《ふだん》は狙撃手《そげきしゅ》としての役割《やくわり》をこなすシャーニッドだが、銃を使った格闘術《かくとうじゅつ》、銃衝《じゅうしょう》術を修《おさ》めてもいた。

シャーニッドが参加し、部屋の中を無数の硬球がさらに跳ね回ることになる。

ルールはいたって簡単《かんたん》、自分のところに飛んできた硬球を打ち返せなかったら一点。見当違いのところに打ち返した場合も一点と加算されていき、制限《せいげん》時間までに点数が多かった者が負けとなる。

ちなみにその制限時間とは、訓練《くんれん》時間が終わるまでだ。

ただ打ち合うだけでなく、時にはフェイントを混《ま》ぜたりすることで硬球がどのタイミングで自分に飛んでくるのかをわからなくさせたりもする。

シャーニッドも交《まじ》えて体を温《あたた》めている間にフェリも来た。

フェリもしぶしぶとだがニーナの提案に応じる。

「負けるのは隊長か先輩《せんぱい》のどちらかだとは思いますけど」

平然とそう言ってのけ、重晶錬金鋼《バーライトダイト》を復元させる。フェリの念威《ねんい》に反応《はんのう》して杖状《つえじょう》に復元された錬金鋼《ダイト》が、さらに鱗《うろこ》か花弁《かべん》に似《に》た形で分解され宙《ちゅう》に舞《ま》う。念威端子《たんし》と呼ばれるそれら一枚《いちまい》一枚はフェリにとってのもう一つの感覚器官だが、それだけではない。対抗試合《たいこうじあい》では念威爆雷《ばくらい》と呼ばれる移動する爆弾を操《あやつ》るなどの攻撃方法もそうだが、防衛能力《ぼうえいのうりょく》ももちろんある程度《ていど》は備《そな》えている。

飛んでくる硬球を跳ね返す程度のことはわけなくこなす。

「およ、そんなこと言ってていいのかな〜？」

「そうだ、お前ら二人に負けてばかりはいられん」

シャーニッドとニーナがそう言い、それぞれの手に五個の硬球が渡される。

「さて、覚悟《かくご》しろ？」

ニーナのその言葉とともに、合計二十個の硬球が暴《あば》れまわる地獄絵図が展開《てんかい》された。

†

シャーニッドはゲームだなどと言っていたが、もちろんこれも立派《りっぱ》な訓練だ。

硬球を使った訓練法を提案したのはレイフォンだ。ニーナはレイフォンの提案で隊の予算を使って硬球を大量に買った。

硬球を床《ゆか》にばら撒《ま》き、その上で動く練習は活剄《かっけい》の基本能力《きほんのうりょく》を高め、今日のようなボールの打ち合いは反射神経《はんしゃしんけい》とともに、肉体操作《にくたいそうさ》の練度を高める。より高度になっていけば硬球に衝剄《しょうけい》を絡《から》め、硬球に絡まった衝剄をまた新たな衝剄で相殺《そうさい》するということもしたりする。それは、衝剄の基本能力を高めることになる。

活剄と衝剄を使った技は様々にあるけれど、やはり基本的な能力の高さがあればこそ技は生きてくる。新しい剄技《けいぎ》を覚えることに時間を割《さ》くよりは現状の能力を底上げしたらどうか……それがレイフォンの提案で、ニーナも納得《なっとく》したことだった。

そして訓練が終わり、夕方。

「次こそは……」

レストランのテーブルでメニューを睨《にら》みながら、ニーナが悔《くや》しげに呟《つぶや》いた。

結果はレイフォン〇点、フェリ三点、シャーニッド十二点、ニーナ十三点……僅差《きんさ》でニーナの敗北となった。

「……半分、出しましょうか？」

「いらん」

実家は裕福《ゆうふく》だが、親の反対を押し切って学園都市に来たニーナは仕送りをもらっていない。学費の方がどうなっているかは知らないが、生活費は完全に機関掃除のバイトでどうにかしているはずだ。

そんな財布《さいふ》事情を慮《おもんぱか》ってのレイフォンの提案だったのだが、ニーナはむきになった様子で断《ことわ》った。

「レイフォン、敗者に情《なさ》けは禁物《きんもつ》だ」

シャーニッドが痛《いた》ましげな表情で肩《かた》を叩《たた》いてきた。そのくせ、唇《くちびる》の端《はし》は勝者の余裕《よゆう》がひくひくと自己主張していたりする。

「くっ、一点違いのくせに……」

「その一点で勝敗は決してしまうんだなぁ。世界は厳《きび》しい」

「本当にねぇ、あ、僕これにしよ」

ニーナの隣《となり》でメニューに集中していたハーレイが適当《てきとう》な相槌《あいづち》を打っている。

「……まて、お前にまでおごるとは言ってないぞ」

「え？　そうなの？」

「当たり前だろう。嫌《いや》なら勝負しろ」

「いや、武芸者の勝負に僕《ぼく》が勝てるわけないじゃん」

「ならだめだ」

「ちぇ、まぁいいや」

ニーナの幼馴染《おさななじみ》で、第十七小隊の錬金鋼《ダイト》のメンテナンスを担当《たんとう》するハーレイは気にした様子もなくレイフォンに視線を移した。

「レイフォン、この間のあれ、簡易版《かんいばん》の方ね。一応完成したから明日にでもきてくれないかな？　最終調整するから」

「あ、はい」

「あ～なんだっけ？　この間の馬鹿《ばか》でかい奴《やつ》か？」

「複合錬金鋼《アダマンダイト》ね。重さ手ごろの簡易版ができたから」

「レイフォンがどんどん凶悪《きょうあく》になっていくわけだな」

「そういうことだね」

「いや、凶悪って……」

「凶悪だろう。普通《ふつう》考えねぇぞ、汚染獣《おせんじゅう》に一人で喧嘩《けんか》売ろうなんて」

「そうかもしれないですけど……」

「おかげでこっちはちょっと無茶《むちゃ》なものも作れてありがたいけどね」

シャーニッドとハーレイに好き放題《ほうだい》に言われて、レイフォンは困《こま》った。

「まぁ、あんな無茶は二度とやらせない」

ニーナが釘《くぎ》を刺《さ》す言い方でレイフォンを見た。

全員の注文が決まり、料理が並《なら》ぶ。

「そういえばよ、あの硬球《こうきゅう》の訓練《くんれん》てレイフォンが考えたわけ？」

「いや、あれは……園長が」

そこまで言ったところでがやがやとした音が近づき、会話が途切《とぎ》れた。

「……お？」

「……ん？」

シャーニッドが顔を上げ、近づいてきた集団《しゅうだん》も足を止めた。

「よう、ディン」

「……活躍《かつやく》してるようじゃないか」

先頭を歩いていた男がしかめ面《つら》でそう言った。

禿頭《とくとう》の、痩《や》せぎすな男だ。もちろん、ただ痩せているだけではないのは体つきを見ればわかる。目に宿る光も鋭《するど》い。

胸《むね》ポケットには十と刻《きざ》まれたバッジがある。

小隊だ。

シャーニッドがディンと呼んでいた。

（えーと、たしか……）

ニーナに覚えさせられた小隊員の名前を思い出す。

ディン・ディー。第十小隊の隊長だ。後ろにいる男たちも同じバッジをしている。隊員なのだろう。

「まぁね。俺様《おれさま》のイカス活躍を見てくれてるのかい？」

「ムービーで確認《かくにん》している。相変わらず一射目《いっしゃ》は見事だが、二射目からリズムが同じになる癖《くせ》は直《なお》ってないな」

「厳《きび》しいご指摘《してき》だ」

「……お前がいなくなって、こっちはずいぶんとまとまりがよくなったよ」

「ははは、そいつは重畳《ちょうじょう》だ。シェーナのご機嫌《きげん》はいいってか？」

「……シャーニッド」

ディンがテーブルに手を付けると、シャーニッドにぐっと顔を寄《よ》せた。

「もう、お前はおれたちの仲間じゃない。気安く呼ぶな」

「そいつは悪かった」

ディンの言葉にこもった怒《いか》りを、シャーニッドは飄々《ひょうひょう》と受け流す。そんな彼に、ディンが舌打《したう》ちをするのをレイフォンは見逃《みのが》さなかった。

「次の対戦相手はお前たち第十七小隊だ。シャーニッド、第十小隊にお前の居場所《いばしょ》なんてなかったってことを、その体に叩《たた》き込《こ》んでやる」

「がんばってくれ」

シャーニッドがひらひらと手を振《ふ》り、ディンが早足で去っていく。ディンの禿頭の後頭部が怒りのためか真っ赤に染《そ》まっていた。

「……あいかわらずのタコっぷりだ」

「ぶっ」

その背《せ》を見ながらのシャーニッドの呟《つぶや》きに、ハーレイが口にしたドリンクを噴《ふ》きだしそうになって、むせた。

「シャーニッドは、去年まで第十小隊にいました」

レストランの帰り道、フェリがそう教えてくれた。方向が同じということもあって、特に用がなければ帰りはフェリと二人になる。

「シャーニッドとディン、それにいまの副隊長のダルシェナ。同学年ということもあったのか、彼ら三人の連携《れんけい》は全小隊でナンバーワンの攻撃力を誇《ほこ》り、第一小隊を超《こ》えるのは第十小隊だとも言われたほどです」

「でも、先輩《せんぱい》は抜《ぬ》けたんですよね」

それはフェリに聞かないまでも、シャーニッドが現在、第十七小隊にいるということが全《すべ》てを物語っている。

「ええ。対抗試合後半に、突然《とつぜん》のことでした」

「どうして？」

「それはわかりません。ですけど、それで第十小隊の戦績《せんせき》は一気に下がり、結果的には中位程度《ていど》のランキングとなってしまいました」

三人の連携ができなくなったというだけの問題ではない。

隊員の数が一人減《へ》ったというだけの問題でもない。

それだけの連携が可能《かのう》なほどの信頼《しんらい》関係の崩壊《ほうかい》。それこそが第十小隊の戦力低下を呼んだ最大の原因に違いない。

そしてその結果が、さっきのシャーニッドとディンのやりとりなのだろう。

「三人の間になにかがあったことは確《たし》かですけど。それがなにかはわかりませんし、知らなくていいことなら知らないままでいいと思います」

「そうですね」

フェリの冷静な意見にレイフォンは頷《うなず》いた。

なにがあったのかはわからない。けれど、知らなければならない時が来ればシャーニッドは教えてくれるような気がする。普段は飄々としてやる気があるのかどうかもよくわからない風を装《よそお》っているけれど、ここ一番の重要なところではきちんと決めてくれるのがシャーニッドだ。

言葉でわかったことではない。

対抗試合でのシャーニッドの戦い方を見ればわかる。殺到《さっけい》によって戦場から完全に気配を消し、来て欲《ほ》しい場所に来て欲しいタイミングで一撃《いちげき》を撃《う》ち出す。

戦い方にも人間性が出てくる。狙撃手《そげきしゅ》というポジションを完璧《かんぺき》にこなそうとするシャーニッドの姿《すがた》こそ、本来のものに違いないと思う。

そこには普段は感じられない生真面目《きまじめ》さが宿っている。

「そうですか？」

レイフォンの意見がフェリは気に入らなかったようだ。

「腕《うで》が確かなのは認《みと》めますけど、性格《せいかく》はやっぱりどうしようもないと思います」

「そんなことはないですよ。先輩が後ろにいると、背中が自由になった気がします」

「……わたしもいますけど？」

「せ……フェリの念威《ねんい》の感触《かんしょく》は違いますよ」

「先輩」と言いかけ、睨《にら》まれたので慌《あわ》てて言い直す。

「どんな感じですか？」

「感覚が広がる感じです」

「当たり前じゃないですか、わたしは念威繰者《そうしゃ》です」

念威繰者の役割は、戦場中の情報《じょうほう》をかき集め、必要なものを隊員たちに伝えることだ。

そこには隊員同士の音声の伝達も含《ふく》まれる。

「目を与《あた》え、耳を与えるのが念威繰者です。そうじゃなくて……どうかしましたか？」

「あ、いえいえ。なんでもないです」

ここ最近、フェリは少しだけ変化した。

訓練《くんれん》に積極的《せっきょくてき》に参加しだしたというわけではないけれど、嫌々《いやいや》やっているという雰囲気《ふんいき》が薄《うす》れてきた。

賭《か》けの時の挑発的《ちょうはつてき》な発言なんて、前の時には絶対《ぜったい》に聞けなかったはずだ。念威繰者にかかわることで自分に自信があるような言葉をニーナやシャーニッドの前で言うなんてことはいままで考えられなかった。

自分の才能《さいのう》だけを利用されるのを嫌《きら》っていたのが今までのフェリだ。

それがほんの少し、本当にわずかなのだけれど変化しているように思う。

(どうしてかな?)

ほんの数日前、フェリはあの滅《ほろ》んだ都市の上で弱音を吐《は》いた。

念威繰者であることを止《や》められない。念威を使わないことには落ち着けない。それでは、念威繰者であることを止めることができない。

そのことに落ち込んでいる様子を見せていた。

結局、レイフォンにはフェリの悩《なや》みを解決する方法がなかった。それは、自分自身にも起こっている悩みだからだ。

武芸者でいることを止められない。

カリアンに見出《みいだ》されてしまった今の状況《じょうきょう》がそうさせてくれないのとは違う。勁《けい》を使わないでいることに落ち着かない自分がいる。

どうすればいいかはレイフォンにもわからない。

自分がそんな中にいることを話すぐらいしかできなかった。

「なんなんですか？」

黙《だま》り込んでしまったことが不満な様子で、フェリが睨んだ。

「いや、なんでもないです」

なにが変わったのか聞きたい。そう思ったけれど、レイフォンは聞かないことにした。

これもまた、その時が来ればフェリ自身が言ってくれるかもしれない。そう思ったからだ。

†

今夜は機関掃除《きかんそうじ》のバイトもなく、一日がこれで終わるのだと思っていた。

ドアをノックされたのは、シャワーを浴《あ》びて寝《ね》ようかと思っていたときだ。ドアを開けると管理人がいて、電話だと告《つ》げられた。

玄関《げんかん》先で電話を受け、レイフォンは再《ふたた》び出かけることになった。

呼び出しの主はフォーメッドだ。

都市警察強行警備課《けいさつきょうこうけいびか》の課長で、ナルキの上司《じょうし》でもある。

「すまんな」

出迎《でむか》えてくれたフォーメッドが険《けわ》しい顔でそう詫《わ》びた。

場所は、ツェルニの郊外《こうがい》。

廃業《はいぎょう》して、まだ次の経営者《けいえいしゃ》の決まっていない店舗《てんぽ》を、重装甲《じゅうそうこう》を身にまとった都市警察の生徒たちが取り囲んでいた。

フォーメッドも火薬式の銃《じゅう》を手にしている。武芸者たちも緊張《きんちょう》した面持《おもも》ちで待機していた。

「鎮圧弾《ちんあつだん》だ」

筒《つつ》のような銃を掲《かか》げて、フォーメッドは苦い笑みを浮《う》かべた。

「苦手でな、なるべくなら撃たないで済《す》むようにいきたい」

「今日はなんですか？」

物々しい雰囲気が、ただごとではないことを教えてくれる。

「偽装《ぎそう》学生が大量に潜伏《せんぷく》していたらしくてな」

「偽装学生？」

「生徒手帳を偽造《ぎぞう》してな、学生としてツェルニに潜《もぐ》り込んでいる連中だ」

「そんなことをする連中がいるんですか……」

　初めて聞く言葉に、レイフォンは目を丸くした。

「学費を支払《しはら》わずに授業を受けたいって奴《やつ》がたまにいるにはいるが、うちは学生証《しょう》を年毎《としごと》に更新《こうしん》しているしな。図書館なんかの重要施設《しせつ》に入れば記録も残る。もって一年程度《ていど》だ」

「はぁ……」

　そんな方法があったとは知らなかった。

「やろうと思うなよ」

「思いませんよ」

「やったところでいいことはない。身分証明書の偽造は意外に金がかかるらしいからな。学生になりたい程度では元を取り返せないだろうさ」

「じゃあ、なぜ？」

「知識《ちしき》を得《え》る以外の目的でやってきているからさ。違法薬《いほうやく》や違法酒の販売《はんばい》、情報窃盗《せっとう》……色々な」

「なるほど」

「今回は違法酒だ。『ディジー』聞いたことがあるか？」

「剄脈加速薬《けいみゃく》ですね」

遺伝子《いでんし》合成されたある果実《かじつ》を発酵《はっこう》させて酒にすると、剄脈に異常《いじょう》脈動を起こすという作用があることが発見されたのは、レイフォンたちが生まれる前のことだ。武芸者や念威繰者がそれを飲むことによって剄や念威の発生量が爆発《ばくはつ》的に増大《ぞうだい》するという効果は、すべての都市で注目され、一時期、数多くの都市に出回った。

「ああ、おれらには縁《えん》のない品だが、武芸者たちには喉《のど》から手が出るほど欲《ほ》しいものだな、副作用がなければ」

だが、その酒には副作用があった。剄脈の異常脈動はやはり異常でしかないということなのだろう。剄脈に悪性腫瘍《しゅよう》が発生する確率《かくりつ》が八十パーセントを超《こ》え、多くの武芸者、念威繰者が廃人《はいじん》となった。

これに対して、各都市はそれぞれの判断《はんだん》で違法《いほう》として輸入《ゆにゅう》も製造《せいぞう》も禁止《きんし》した。決して合議したわけではない。ほとんどの都市が武芸者の激減《げきげん》を恐《おそ》れた結果だ。

それでも、全ての都市がそうしたわけではなく。作られることがなくなったわけでもない。

武芸者としての自分の実力に自信のない者。負けることのできない試合や戦いに臨《のぞ》もうとする者たちがそれを望み、そして、そんな人々に高額《こうがく》で供給《きょうきゅう》する組織《そしき》が存在《そんざい》する。

「……学園都市で流して、儲《もう》けなんて出るんですかね？」

「時期が時期だからな。うちみたいな弱小都市なら欲しがると思われたんじゃないのか？　案外《あんがい》、うちの会長殿《どの》の所に、セールスマンが行っていたりしてな」

フォーメッドが笑えない冗談《じょうだん》だと鼻を鳴らす。

レイフォンは改めて店を確認した。

店は、ウォーターガンズのボードを売る店であったらしい。錆《さ》びた看板《かんばん》がそれを教えてくれた。ウォーターガンズは多くの都市で人気のあるスポーツだ。

「あの中に潜《ひそ》んでいるんですか？」

「ああ、確認しただけでは偽装《ぎそう》学生は十人。武芸者はいない……はずなんだがな」

「いますよ」

「やっぱりそうか……わかるか」

レイフォンの手が、自然と剣帯《けんたい》に伸《の》びていた。その事実に特に驚《おどろ》きはない。

「ええ……こちらを挑発《ちょうはつ》しています」

剄を隠《かく》すつもりもないらしい。奔放《ほんぽう》に放たれた剄の色が店全体を覆《おお》っている。下ろされたシャッターの向こうにでもいるのか、強烈《きょうれつ》な存在感がレイフォンの体を打つ。

レイフォンはそれを、自らの剄で追い払った。

「こっちの武芸者連中がどうも動きを鈍《にぶ》くさせているからな、あやしいと思ってお前さんを呼んだんだが、間に合ってよかった」

勁《けい》を直接《ちょくせつ》見ることができなくても、その雰囲気《ふんいき》を感じることはできているはずだ。

安堵《あんど》しているのだろうフォーメッドの顔を見ず、レイフォンは寂《さび》れた店に意識《いしき》を集中させていた。

手練だ。この間の情報窃盗団《せっとうだん》など相手にならない実力者が店の中に潜んでいる。囲まれているのを承知《しょうち》の上でかかって来いと言っている。

その傲慢《ごうまん》さ……レイフォンの勁を刺激《しげき》する陽気な戦意が癇《かん》に障《さわ》る。

「課長……包囲完了《ほういかんりょう》しました」

伝令役をさせられているのだろうナルキがやってきて、フォーメッドにそう伝える。

「よし、では……」

「……来る」

フォーメッドの言葉の途中《とちゅう》で、レイフォンが呟《つぶや》いた。

「え？」

ナルキが唖然《あぜん》としているその背後《はいご》で……爆発が起きた。

「ぬあっ！」

走る衝撃《しょうげき》にフォーメッドがたじろぐ。

シャッターが吹き飛んで、こちらに迫《せま》ってくる。ナルキがフォーメッドを庇《かば》う位置に素《す》早《ばや》く移動する。

レイフォンは……

「調子に乗るなよ」

剣《けん》帯から青色錬金鋼《サファイアダイト》を抜き出し、復元《ふくげん》。剣となった錬金鋼《ダイト》を振り上げ、迫るシャッターを叩《たた》き切った。

その陰《かげ》に、いた。

「っ！」

「ひゃはははは っ！ いい目をしてるさ〜」

宙《ちゅう》を駆《か》ける襲撃者《しゅうげきしゃ》の落とすような斬撃《ざんげき》を受け止め、弾《はじ》き返す。剄の主は空中を回転しながら笑っていた。

片刃《かたは》の剣……刀《かたな》か。錬金鋼は鋼鉄錬金鋼《アイアンダイト》。一瞬《いっしゅん》、脳裏《のうり》に養父《ようふ》の姿《すがた》が浮かんだ……が、すぐに消える。

バンダナで鼻から下を覆《おお》って顔を隠《かく》している。赤い髪《かみ》が夜を燃《も》やすように宙で躍《おど》っている。

男、少年……レイフォンとそう年が変わらないような気がする。

宙で回転していた少年は、街灯《がいとう》を蹴《け》ると一気にレイフォンたちの頭上を抜けていく。

「逃《に》がすかっ！」

レイフォンがその後を追う。

「くそっ、突入《とつにゅう》！　突入!!」

背後《はいご》でフォーメッドが喚《わめ》いているのが聞こえた。

レイフォンは少年を追いかけた。道路を駆《か》け、屋根を飛び跳《は》ねて渡《わた》るその動きに無駄《むだ》はなく、速い。

「ちっ」

このままでは追いつくのに時間がかかる、レイフォンは足に流している活剄《かっけい》を凝縮《ぎょうしゅく》させた。

内力系《けい》活剄の変化、旋剄《せんけい》。

爆発的に増《ま》した速度で一気に背後に迫り、剣を叩きつける。

狙《ねら》いは、利《き》き腕《うで》の肩《かた》。砕《くだ》いて武器を使えなくしてから、捕獲《ほかく》する。

そのつもりだった。

「なっ⁉」

避《よ》けられた。

少年は、レイフォンの頭上にいた。タイミングを読まれたのだ。

(しまった)

逃げられる。そう思った。旋剄は爆発的な速度の代償《だいしょう》に、ほぼ直線にしか移動《いどう》できない。勢《いきお》いを殺している間に逃げられる。

「危《あぶ》ないとこだったさ〜」

頭上で剄が膨《ふく》れ上がるのを感じた。

レイフォンは勢いのまま宙に飛ぶと、身を捻《ねじ》って少年に向き直る。

少年は空中で刀を構《かま》えていた。その体に剄が走る。

近くの建物の壁《かべ》を蹴った少年の姿がいきなり消えた。

同時に左右、そして正面から、攻撃的な気配のみがレイフォンに迫る。

内力系活剄の変化、疾影《しつえい》だ。

「つな!」

驚《おどろ》きながら、レイフォンは右の気配に剣を振《ふ》るった。金属《きんぞく》同士のぶつかる澄《す》んだ音と、重い衝撃《しょうげき》が腕《うで》を打つ。旋剄の勢いを殺せていないレイフォンは、受け止めきれずに後方に飛ばされた。

「さすが、読まれる」

バンダナに隠れていない少年の瞳《ひとみ》が、楽しそうに輝《かがや》いていた。

そのまま連続で襲《おそ》いかかる刀を、レイフォンは剣で弾き返す。旋剄の勢いを殺させないつもりだ。押し流されながら、レイフォンと少年は何合も武器をぶつけ合う。

一撃一撃が重い。打ち合うたびにその方向に進路が変えられてしまう。

「はっ！」

「っ！」

下段からの斬撃。レイフォンの体が上空に飛ばされる。

上昇《じょうしょう》の限界点《げんかいてん》に辿《たど》り着いて、勢いがようやく死んだ。

空中で、レイフォンは現在地を確認した。

場所は、まだ郊外《こうがい》。ツェルニの外周をなぞるように移動した感じだ。建築科《けんちくか》の建設実習区画。夜の間なら人は少ない。ほとんどが壊《こわ》れてもかまわない建物ばかりだ。

（よし）

体内を走る活剄の密度《みつど》を上げる。

下から追撃してくる少年に、レイフォンは剣を振り下ろした。

外力系衝剄の変化、渦剄《かけい》。

剄弾《けいだん》を含んだ大気の渦《うず》が少年を飲み込む。

少年の刀が素早《すばや》く閃《ひらめ》き、大気の流れに沿《そ》って飛び交《か》う剄弾を破壊《はかい》していく。爆発が連続で轟《とどろ》く中、レイフォンは衝剄《しょうけい》の反動を利用してその中に飛び込んだ。

「甘《あま》いさっ！」

爆発を潜《くぐ》り抜けた少年が、レイフォンの一撃を受け止める。

剄がぶつかり合い弾《はじ》ける。錬金鋼《ダイト》の衝突《しょうとつ》が火花を生む。

二つの閃光《せんこう》が少年の顔を明るく照らす。バンダナに隠《かく》れていない左半面に刺青《いれずみ》が走っているのが見えた。

「ヴォルフシュテイン……この程度かさ？」

囁《ささや》くようにそう言われた。

同時に、剣を握《にぎ》る手に違和《いわ》感《かん》が走る。

「ちっ！」

内力系活剄の変化、疾影。

少年を蹴《け》飛《と》ばして高速移動すると同時に、気配を凝縮《ぎょうしゅく》させた剄を分散《ぶんさん》して飛ばす。

一気に地上に降《お》りたレイフォンは右手の剣を確かめた。

剄の走りが鈍《にぶ》い。見れば、剣身に細かいヒビが幾《いく》つも走っていた。

外力系衝剄の変化、蝕壊《しょくかい》。

武器破壊《はかい》だ。

咄嗟《とっさ》に剄を放って対抗《たいこう》したが、遅《おそ》かった。

（これでは……もう）

十分に剄が走らない。

「本気？　……でやってるわけないよな〜まさか、元とはいえ天剣授受者《てんけんじゅじゅしゃ》がこんなもので済《す》むはずがないさ〜」

囮《おとり》の気配には惑《まど》わされなかったらしい。

「……グレンダンの武芸者か？」

屋根の上から見下ろしてくる少年をレイフォンは見た。

少年がバンダナを取る。

「ハイア・サリンバン・ライアって名前さ〜」

顔の左半面を覆《おお》う刺青が露《あらわ》になる。肩《かた》だしのシャツから露になった左腕《うで》にも似たような刺青が刻《きざ》まれていた。

「……サリンバン教導傭兵団《きょうどうようへいだん》」

刺青のためか、左半面の表情がどこかひきつっているように見える。

「そうさ。三代目さ〜」

残り右半面は挑戦的《ちょうせんてき》に笑っていた。

サリンバン教導傭兵団。グレンダン出身の武芸者によって構成《こうせい》された傭兵集団だ。専用《せんよう》の放浪《ほうろう》バスで都市間を移動する彼らは、行く先々の都市で雇《やと》われて汚染獣《おせんじゅう》と戦い、また都市同士の戦争に参加する。時にはその都市の武芸者たちを鍛《きた》える役目も担《にな》う。

天剣授受者はあくまでも都市の中でのものだ。その力は外には流れていかない。対外的に槍殻《そうかく》都市グレンダンの名をもっとも有名にしたのが、このサリンバン教導傭兵団だ。

「まさか違《い》法酒《ほうしゅ》の売り歩きをしてるなんて思わなかった」

「あんなのはどうでもいいさ〜。ここに来るために利用させてもらっただけで、手伝う気もないし」

「じゃあ、なんのために……？」

話しながら、次の一撃のために剄《ぬ》の密度《みつど》を上げていく。

「なんのためにもなにも、商売を抜きにしておれっちたちがやることがあるとしたら、それは一つしかないさ。廃貴族《はいきぞく》さ〜」

「廃貴族だって……？」

聞いたことのない言葉にレイフォンが眉《まゆ》を寄《よ》せていると、ハイアも同じような顔をした。

「おや？　知らない？　ああ……あんた、そんなに長い間、天剣授受者してなかったっけ？　おや？　そうじゃないかな？　あれ？　秘密《ひみつ》だったけか？」

嫌《いや》な奴《やつ》だ。そう思う。あれだけおどけていても、ハイアの内部の剄は密度を損《そこ》なうことがない。

（それよりも……）

問題なのはやはり剣だ。剄の走りが悪すぎるし、次の一撃《いちげき》に耐《た》えられるかどうかもわからない。

「まぁいいさ、そんなことはどうだって。おれっちが今興味《きょうみ》あるのはあんたで、あんたの使う技《わざ》だ。あんたの師匠《ししょう》はおれっちに教えてくれた二代目と兄弟弟子《きょうだいでし》だったそうじゃん？　おれっちとあんたは従兄弟《いとこ》みたいなもんなわけだ。技の血筋《ちすじ》が形成する一族ってわけさ〜」

「初耳だね」

本当に初耳だ。

だけど、それなら疾影《しつえい》を使ったのも納得《なっとく》がいく。鋼鉄錬金鋼《アイアンダイト》の刀を使っているのも同様だ。養父《ようふ》の技は、通常の剣による押《お》し潰《つぶ》す感じに斬《き》るよりも、もっと切り裂《さ》くことに特化している。そのための刀で、そのための鋼鉄錬金鋼《アイアンダイト》だ。斬撃《ざんげき》武器としてもっとも繊細《せんさい》な調整ができ、匠《たくみ》の技を反映《はんえい》させやすいのが鋼鉄錬金鋼《アイアンダイト》だ。

「なんであんたが刀を使わないのかが気になるけど……まぁいいさ〜」

次の瞬間、ハイアが動いた。

目の前に現れたハイアの斬撃を跳躍《ちょうやく》してかわす。

「本気にならないなら、こちらもそれなりなやる気でやるだけさ」

距離《きょり》をとったレイフォンに、猛然《もうぜん》と襲《おそ》いかかってくる。

(それなり……かっ！)

剣で受けないよう、かわすことに集中しながら、レイフォンはハイアの動きに内心で舌《した》を巻《ま》いていた。グレンダンで天剣授受者となるまでに何人もの武芸者と戦ってきたレイフォンだが、ハイアほどの実力者とぶつかったことはない。

こんな奴《やつ》がグレンダンの外にいた。

それは、考えてみれば当たり前のような気もするし、突《つ》き詰《つ》めれば結局はハイアもグレンダンの人間だということになるのだけれど、それでも驚きには違いない。

自分が天才だとは認《みと》めるけれど、世界で一番強いなどとうぬぼれているつもりはない。グレンダンの天剣授受者たちはレイフォンよりもはるかに経験《けいけん》も多く、苦手な相手もいる。なにより、女王アルモニスには勝てる気さえしない。

「ほらほら、どうしたい？　もっとやる気をみせてくれさ〜」

それでも、自分たちが特別な枠組《わくぐ》みの中にいると感じさせられてしまう。天剣授受者と他の武芸者の実力者が、たとえグレンダンの中でも明確《めいかく》に分けられてしまうからだ。

「まさか、天剣授受者って、こんなもんで終わりって程度《ていど》じゃないだろうな」

徐々《じょじょ》に速度を上げてくるハイアに、レイフォンは剣を振り下ろした。

剣と刀がぶつかり合う。走らせられるだけの剄《けい》を走らせた青石錬金鋼《サファイアダイト》の剣と鋼鉄錬金鋼《アイアンダイト》の刀がぶつかり合う。

衝剄《しょうけい》が衝突し、余波《よは》が空気を震《ふる》わせる。

その震動《しんどう》に乗るように、か細い金属《きんぞく》の悲鳴が走った。

青石錬金鋼《サファイアダイト》が砕《くだ》ける。

ハイアの会心の笑みが、砕《くだ》け散《ち》った青い輝きを散《ち》らす錬金鋼《ダイト》の欠片《かけら》の向こうにあった。

レイフォンは止まらない。

「かぁあっ！」

内力系活剄の変化、戦声《いくさごえ》。

威嚇術《いかくじゅつ》だ。空気を震動させる剄のこもった大声が大気を突き動かし、宙に散《ち》る錬金鋼《ダイト》の欠片をハイアに飛ばした。

「ぬあっ！」

不意打ちに、ハイアが仰《の》け反《ぞ》る。

その隙《すき》に、レイフォンは四肢《しし》に剄を重点的に走らせる。強化した脚力《きゃくりょく》で一気に懐《ふところ》に飛び込み、その腹《はら》に拳打《けんだ》を叩《たた》き込む。

ぎりぎりで腕《うで》で防《ふせ》がれる。

ガード越《ご》しに腕にたまった力を解放《かいほう》し、ハイアを突き飛ばした。

建築途中《けんちくとちゅう》の建物の中に突っ込んでいったハイアに、レイフォンは両腕に新たに剄を走らせる。

外力系衝剄の変化、九乃《くない》。

両手の指の間に形成された剄弾《けいだん》を一斉《いっせい》に放つ。針《はり》のように細くなった頸はハイアを追って建物の内部へ突っ込み、爆発した。

「やったか？」

いや……

灰燼《かいじん》の舞《ま》う中で、気配が二つに増《ふ》えている。

仲間がいたようだ。

（来るか……）

身構《みがま》える。だが……気配はレイフォンから離れていった。

（追いかける……か？）

だが、錬金鋼《ダイト》を失った今ではこちらも不利だ。

追いかけるのを諦め、レイフォンは去っていく気配を見守った。

「……なにをする気なんだ？」

廃貴族《はいきぞく》。その単語になんだか嫌《いや》な予感がした。

02　それぞれの夜

「あっ……」

ふかふかのソファで呆然《ぼうぜん》としていたリーリンは、窓ガラスの向こう側に目がいった。

「もう、夜なんだ」

今まで気づかなかった。

陽《ひ》は完全に沈《しず》んでしまっていて、建物が夜に呑《の》まれている。街灯《がいとう》や建物から漏《も》れる明かりがぽつぽつと浮《う》き上がっている。

それを普段《ふだん》よりもずっと高い位置から見下ろしているいまの自分が、とても不思議だ。

「遅《おそ》いね」

隣《となり》でじっとしている養父《ようふ》に声をかける。

ついこの間まで全身の骨《ほね》を折って入院していたというのに、いまはまるでそんな様子を見せることもなく今までどおりの硬《かた》い無表情で瞑目《めいもく》している。グレンダンの医療《いりょう》技術が優《すぐ》れているというのももちろんあるのだけれど、それ以上に武芸者という人種の異常《いじょう》な回復《かいふく》力のおかげでもある。

「怪我《けが》は、本当に大丈夫《だいじょうぶ》？」

「ああ」

　それでも心配なのには変わりない。

　あの時、ガハルドに襲撃《しゅうげき》されてリーリンは養父が死んだと思った。天剣授受者《てんけんじゅじゅしゃ》のサヴァリスが間に合わなければ、本当に死んでいたかもしれない傷《きず》だったのだ。

　そんな傷が、最新の医療技術だったとしてもあんなに早くに治《なお》るだなんてやはり実感できない。

「もう、完全に治った。これも、王家のおかげだ」

　養父……デルクがそう呟《つぶや》くと、閉《と》じていたまぶたを押《お》し上げた。

　デルクが最新にして高額《こうがく》の治療《ちりょう》を受けることができたのは、偏《ひとえ》に王家が医療費《いりょうひ》を肩代《かたが》わりしてくれたからだ。

　ガハルドは特殊《とくしゅ》な汚染獣《おせんじゅう》に寄生《きせい》されていたらしい。そのためにデルクの傷を戦傷扱《せんしょうあつか》いということで処理《しょり》してくれたということなのだが、どうもそれだけではないというのが、リーリンとデルクの共通した考えだった。

　戦傷での補償金《ほしょうきん》の限度《げんど》額なんて軽く凌駕《りょうが》する医療費のはずだし、そういうお金は王家からではなくて専門の役所から支給《しきゅう》されるはずだ。

（それに……）

リーリンは改めて自分がいまいる場所を確認した。

いかにもお金のかかっていそうな精緻《せいち》な紋様《もんよう》のある絨毯《じゅうたん》が敷《し》かれた一室。座《すわ》っているソファも座《すわ》り心地《ごこち》から肘掛《ひじかけ》の細工《さいく》までなにからなにまでお金がかかっていそうで、正直、心地よすぎて居心地が悪い。精一杯《せいいっぱい》、自分の手持ちの服の中でお金がかかっていてこういう場にいても問題のなさそうなものを選《えら》んできたのだけれど、それでも全然、余裕《よゆう》で格《かく》負けしてしまっている。

こういう点で、デルクはとても楽だ。武芸者の正装《せいそう》なんて修練服《しゅうれんふく》で事足《た》りる。それでも、一番良さそうなのを着てきている辺り、デルクも気を遣《つか》っているのだろう。当たり前の話だけれど。

もう一度、窓の外の景色を見る。

都市の光景をこんな上から見下ろせる位置にある建物。

そんなもの、グレンダンでは一つしかない。

中央にある王宮。

そこに、リーリンたちはいた。

（普通《ふつう》の補償金なら、お礼になんてこなくていいもの）

そう考えると、リーリンは胃《い》がしくしくと痛むのを感じた。

そういえば晩御飯《ばんごはん》がまだなのだけれど、こんなに緊張《きんちょう》してしまっていては空腹感《くうふくかん》もやってこない。

退院《たいいん》後、デルクがお礼の挨拶《あいさつ》に訪《たず》ねたい旨《むね》を書面で送ると、今日、この時間を指定されたのだそうだ。どうしてリーリンも来なければならなかったのかは今でも疑問《ぎもん》なのだけれど、あの場にいた少女も、と返書に書かれていたらしい。

（なんでわたしここにいるんだろ？）

たしかに実際に囮《おとり》として使われたのはリーリンだけれど、それは汚染獣《おせんじゅう》を駆逐《くちく》するためには仕方がないことなのかもしれないと思っている。武芸者が命を懸《か》けて戦っていて、自分たちはそれにただ守られて暮《く》らしているというのを、当たり前に考えることはリーリンにはできない。デルクにしても、レイフォンにしても武芸者で、リーリンが拾《ひろ》われた頃《ころ》にはデルクは一線を退《しりぞ》いていたらしいけれど、そんな身近な人たちが命を懸けている中で、自分だけが安全をのうのうと受け入れるなんてできないと思っている。

……できれば、危険《きけん》な目にあうことを事前にちゃんと教えて欲《ほ》しかったけれど。

ガハルド・バレーンがあんな事態になっていたことには複雑《ふくざつ》な想《おも》いがある。けれど、それをどう言葉にしていいのか、リーリンはまだうまく整理ができていなかった。

そんなことを考えているとノックの音とともに侍女《じじょ》らしい女性が入ってきて、リーリンたちを別の部屋へと案内《あんない》した。

「陛下《へいか》のお仕事がようやく一段落《ひとだんらく》しました。お待たせして申し訳《わけ》ありません」

「いえ、気にしてはおりません」

(遂《つい》に……)

侍女とデルクがそんな会話を交《か》わした横で、リーリンは緊張《きんちょう》が高まって、胃《い》がきゅっと締《し》め付《つ》けられた。

土壇場《どたんば》の緊張に弱い。

そういえば、レイフォンもこういう緊張は苦手だった。

汚染獣と戦ったり、グレンダンの猛者《もさ》と戦ったりする前日はぜんぜん平気な顔をしているくせに、天剣《てんけん》の授受式《じゅじゅしき》の前日とか、近所の怖《こわ》いおじさんに謝《あやま》りに行くときとかは、すごく悲愴《ひそう》な顔をしていた。

(わたしもいま……そんな顔?)

鏡で確かめたい。できればお手洗《てあら》いにでも行って冷たい水でさっぱりしたいと思うけれど、そんなことをしたらせっかくの化粧《けしょう》が落ちてしまう。

そもそも、案内してくれている侍女が足を止めてくれそうにない。

（うう……）

心の中で唸《うな》っている間に、侍女は目的の場所に辿《たど》り着いたらしく、足を止めた。

「お連れいたしました」

護衛《ごえい》の武芸者にそう伝える。両開きの大きな扉《とびら》が彼らの手によって開かれた。

侍女に促《うなが》され、デルクの後を追って中に入る。

部屋の中は、さっきまでいた部屋よりも一回りほど広かった。中央よりも少しだけ扉よりの位置に大きなソファが一つ。距離《きょり》を開けた向かい側に一つ高い段《だん》があり、御簾《みす》で隔《へだ》てられたその向こうに人影があった。

アルシェイラ・アルモニス。

グレンダンの女王がいる。

二人は、ソファの前に移動して膝《ひざ》を折ると、深々と頭を下げた。

「この度《たび》は陛下《へいか》に多大なるお慈悲《じひ》をいただきまして……」

デルクが礼を述《の》べている。

隣《となり》で、リーリンは緊張して頭を上げられないまま固《かた》まっていた。それでも滅多《めった》に近くで見ることができない人物だ。欲求がゆっくりと緊張を押しのけていき、リーリンはそろそろと頭を上げた。

女王自身の姿は御簾の向こう側にいてよく見えない。ただ、その影《かげ》だけがなんとか見えるような感じだった。

「気にすることはない。貴公《きこう》のこれまでのグレンダンに対する尽力《じんりょく》に、この程度でしか応《こた》えていないことが心苦しいぐらいだ」

玲瓏《れいろう》とした声が部屋に響《ひび》いて、リーリンは全身が痺《しび》れたような気がした。

「もったいないお言葉を……」

「事実だ。貴公《きこう》の現役《げんえき》時の活躍《かつやく》もしかりだが、貴公の手によって育てられた剣は、私の手にある間、十分な活躍をした」

レイフォンのことだ。リーリンは心臓《しんぞう》が摑《つか》まれたような思いで女王の言葉の意味を探《さぐ》り、そして次の言葉を待った。

（レイフォンのことを、この方はどう思っているの……？）

アルモニスの考え方次第《しだい》では、レイフォンがグレンダンに戻《もど》る道が開ける……リーリンはアルモニスの言葉を一つも漏《も》らすまいと集中した。

「あれの結末はあれ自身の未熟《みじゅく》さと、世界への認識《にんしき》の不足さが招《まね》いた愚《おろ》かな結末だ。決して、貴公の責任ではない」

「いえ、陛下《へいか》。あやつの未熟さ、とくに陛下の仰《おっしゃ》る都市常識《じょうしき》の認識不足は私にも通じるものです。私のような武芸一辺倒《いっぺんとう》の者の悪い面が、あやつをああしてしまった。本来、あやつが受けた罰《ばつ》は、私にこそ下されるべきものであったのです」

「ふむ……まぁ、座《すわ》りたまえ」

「はっ」

「ここは謁見《えっけん》の間ではなく、もっと私的な会見をする時に使う部屋なのでね。楽にしてくれてかまわない。小うるさい侍従長《じじゅうちょう》も外《はず》させているのだから」

（あれ……？）

最後の言葉の、少しだけ冗談《じょうだん》を混《ま》ぜたような雰囲気《ふんいき》の話し方……どこかで聞いたことがあるような気がする。

でも、それが誰だか思い出せない。

（気のせいよね）

侍女が現れて、リーリンたちにお茶を渡してくれた。

「あれが、いまどうしているか知っているかい？」

「え？」

最初、その言葉が自分に向けられたものだとは思わなかった。

「レイフォンは元気にしているかな？　それとも、手紙のやり取りなんかもしていないのかい？」

「あ、はい。……あっ、いえ、してます！」

しどろもどろになるリーリンに、御簾の向こうから押し殺した笑い声が聞こえた。

「そう緊張する必要はない。御簾越しにこんなことを言っても説得力がないかもしれないけどね」

「そ、そんな……」

「それで、元気なのかい？」

「はい。えと……いまはツェルニという都市にいまして……」

「学園都市か……あの年で天剣など持ってしまったからな。あれは不器用だからなんでもそつなくこなすなんてできないだろう？　よく入学試験に受かったものだ。君が勉強を教えたのかな？」

「はい」

「君は上級学校の生徒だったね。優秀《ゆうしゅう》そうだ」

「そんなこと、ないです」

そんな風に、アルモニスが気さくに話しかけてくれたおかげでリーリンはなんとか話すことができた。

勉強を教えていた時のことや、グレンダンを離《はな》れる日が近づいてきた時のこと、そして初めての手紙が届《とど》いた時のこと……

色々、話した。

話しているうちに、だんだんとリーリンの中でなにかのたがが外れた。緊張《きんちょう》が一転して、話を楽しんでいる自分がいることに気づいたからかもしれない。調子に乗ってしまったのかもしれない。まるで、目上の親しい人ぐらいの気分で話せてしまったことが、きっといけなかったのだろう。

「レイフォンは……もうここには戻って来られないんですか？」

「リーリン」

「あっ……！」

デルクに咎《とが》められて、初めて自分がなにを言ったのかに気づいた。

「も、申《もう》し訳《わけ》ありません……」

「気にすることはない。あれにとって、ここが故郷《こきょう》であることには違いない。そして、君にとってあれが大切な者だということも変わりない。そうだろう？」

「……はい」

「……戻すことができないわけじゃない。時間はかかるし、タイミングの問題も出てくるだろうが、不可能《ふかのう》ではないだろう」

「じゃあ……」

「だが、その時にあれがここに戻ってくるかどうか……それは私の解決しなければいけない問題ではない」

釘《くぎ》を刺《さ》すようなその一言が、リーリンの喜びに歯止めをかけた。

「……貴公の武門というのは外へと流れる一族だな」

アルモニスは呆然《ぼうぜん》としたリーリンを置いて、話題をデルクに投げかける。

「は……」

いきなりの話題転換《てんかん》にデルクも戸惑《とまど》っている。

「初代サリンバンに付いて外へと流れた者たちには、先々代のサイハーデンの弟子《でし》たちが多くいた。サイハーデン自身も老齢《ろうれい》でなければサリンバンとともに外へと出ただろうな」

「そのような話は、聞いたことがあります」

「貴公の兄弟子《あにでし》も、後に教導傭兵団《きょうどうようへいだん》と名乗り始めた彼らに合流した」

「はい。リュホウ・ガジュ。私よりも遥《はる》かに腕《うで》の立つ男でした。本来ならばサイハーデンの名は、あの男が継《つ》ぐはずでした」

「死んだよ」

あまりに唐突《とうとつ》に、その言葉は部屋の空間に投げ出された。唐突過ぎて、デルクもその言葉がなにに対してのものなのか、どういう意味を持つのか、一瞬《いっしゅん》、理解できていない様子だった。

ようやく理解にいたった時、デルクは目を瞠《みは》った。

「……まさか」

「二代目を継《つ》ぎ、リュホウ・サリンバン・ガジュと名乗っていたその男は、死んだ。悲しいことだが、事実だ」

御簾《みす》が半分だけ巻《ま》き上げられ、椅子《いす》から立ち上がったらしいアルモニスが手だけを御簾の外に出した。

その手には無骨《ぶこつ》な金属《きんぞく》の箱がある。

「これを」

デルクがソファから立ち、どこか危《あや》うい歩調でその箱を跪《ひざまず》いて受け取った。

その場でふたを開ける。

中には布が敷《し》き詰《つ》められ、それに守られて細い金属の筒《つつ》と錬金鋼《ダイト》が収《おさ》められていた。

「……確かにリュホウの錬金鋼《ダイト》です。亡《な》くなった師《し》が、旅立ちの時にリュホウに贈《おく》ったもの……しかし、まさか」

「汚染獣《おせんじゅう》との戦闘《せんとう》後、体内に残っていた汚染物質を戦地の医者が十分に除去《じょきょ》できなかったらしい」

金属の筒に入っているのは遺髪《いはつ》だ。都市の外で十分に死者を葬《ほうむ》ることができない場合、このように死者の髪《かみ》だけを持ち帰る。

「……リュホウは血を遺《のこ》せたのでしょうか？」

いっそう表情を硬《かた》くしたデルクがかすかに肩《かた》を震《ふる》わせながらアルモニスを仰《あお》ぎ見た。

「三代目となったのはリュホウの弟子だそうだ。わずか十八。良い才《さい》に出会えたようだな」

「そうですか」

デルクはふたを閉《と》じる。その姿に、さっきまでの動揺《どうよう》は微塵《みじん》も見受けられなかった。

「リュホウは私が責任《せきにん》をもって葬《ほうむ》らせていただきます」

「うむ。……グレンダンの名を世に知らしめたサリンバン教導傭兵団の功《こう》は大きい。さらに、その団長たちに技《わざ》を伝えたサイハーデンの武門は、グレンダンにとって大切な宝《たから》だ。失うわけにはいかぬもの。デルク・サイハーデン。道場その他のことは心配するな。貴公《きこう》は技を伝えることだけを考えよ」

「ははっ」

「……リーリン・マーフェス」

「はい」

「サイハーデンの一族は、枝葉《えだは》を外へと伸《の》ばす気性《きしょう》があるらしい。血は繋《つな》がっていないというのに、ただ受《う》け継《つ》がれた技の精神《せいしん》がそうさせる。それはレイフォンにも宿っているものだ。たとえ、天剣を持っていた時に刀を選ばなかったとしても、だよ。そのことは、覚悟《かくご》しておいた方がいい」

リーリンはそれに、なにも答えなかった。

そのまま、会見が終わった。デルクがリュホウの遺髪が入った箱を抱《かか》えて部屋を出る。

その後に、リーリンが付いていく。

扉《とびら》を抜ける瞬間。

「いやです」

小さいけれど、はっきりとそう言った。

それが、いまのリーリンにできる精一杯《せいいっぱい》の強がりだった。

まるで、わがままな子供《こども》のようだ。

どうしようもない現状《げんじょう》に嫌《いや》だ嫌だと泣き喚《わめ》くしかできない小さな子供……子供ならそれ

が許《ゆる》されるかもしれない。

けれどリーリンはもう、そんなことが許される年ではない。十五歳《さい》。今年で十六になる。働いてる者だっている年齢《ねんれい》だ。

その可能性《かのうせい》が嫌なら自分でどうにかしないといけない年齢だ。

なら、自分にはなにができる？

一人で夜のグレンダンを歩きながら、ずっとそれを考えていた。

デルクとは途中《とちゅう》で別れ、リーリンは寮《りょう》への道を歩いている。

賑《にぎ》やかな繁華街《はんかがい》を抜け、静かな住宅街へと入っていく。

並ぶ街灯《がいとう》にぽつぽつと照らされた道を歩いていると、どうしようもない寂《さび》しさがリーリンを襲《おそ》ってきた。

いや、寂しさではない。

夜の闇《やみ》に穴《あな》を穿《うが》ってどこまでも続く道。その先には十字路があって、左に曲がると学校へ、右に曲がると寮への道が続いている。

まっすぐに進めば、どこに行ける？

左右の道は日常へ、もうすぐ十六歳になるリーリンの変わることのない日常がある。

まっすぐに……行けば……

ある？　レイフォンに出会える道がある？　そんなことはない。理性はそう訴《うった》える。誰が住んでいるとも知れない家やアパートやマンションがあるだけだ。その先に小さな商店街があって、あまり客が入っているところを見ないのに潰《つぶ》れない不思議《ふしぎ》な飲食店があって、クラスメートの女の子たちと一緒《いっしょ》に見にいく服やアクセサリーの店があって、その後におしゃべりするのに行く喫茶店《きっさてん》がある。甘《あま》い焼き菓子《がし》を売る屋台だってある。まっすぐに行っても、ただ日常があるだけだ。上級学校に通うリーリン・マーフェスの、〝レイフォンのいない〟日常があるだけだ。

寂しいのではない。

途方《とほう》にくれたのだ。

「やっ」

トンと肩《かた》を叩《たた》かれた。

振《ふ》り返ると、シノーラがいた。

「先輩《せんぱい》？」

「どうしたのさ？　こんなとこで突《つ》っ立《た》って」

「あ、いえ……」

うまく言葉にできなくて、リーリンは俯《うつむ》いた。

「なんでもないです」

「…………」

そのまま歩いて寮に帰ろうと思った。シノーラに心配をかけないように、なんでもないって顔をして、そのまま帰ろうと思った。

だけど、足がうまく動いてくれない。

「ん～…………」

「わっ」

いきなり、シノーラがリーリンの頭に手を置いて、わしゃわしゃと髪《かみ》をかき回した。

「な、なんですか？」

「お腹《なか》すいた。ご飯食べに行こ」

「へ？」

「なんで？」って言う暇《ひま》もない。ぎゅっと手を握《にぎ》られたかと思うと、今来た道を逆戻《ぎゃくもど》りさせられてしまった。

連れて行かれたのはご飯を食べるっていう雰囲気とはまるで逆のバーだったり……

「先輩……わたし未成年です」

「大丈夫、ジュースもあるし、食事も美味《おい》しいよ」

カウンターだけの店。どこか青みがかった薄暗《うすぐら》い照明は、隣《となり》にいる客の顔もよくわからなくさせる。カウンターの中だけは普通の照明があるらしく、マスターの姿は普通に見ることができる。

なんだか光の壁《かべ》に仕切られて、カウンターの向こうだけが現実で、こちら側は夢《ゆめ》と分かれているような、そんな感じだ。

「でも……」

「いいから。あ、マスター。ご飯食べさせて」

「……うちは酒を飲ます店だ」

「いいからいいから」

「よくないだろう。まったく……」

渋《しぶ》い顔でため息を吐きながらも、マスターがフライパンを握《にぎ》る。

「ここのマスターね。わたしと同じ高等研究院にいたのよ」

「え？」

「酒好きが高じて見事にドロップアウト」

「悪かったな」

「いいんでない？　人生、好きに生きるのが一番よ」

そんな話をしている内にマスターは料理を作ってくれた。チキンライス。

「え〜手軽すぎ。せめて卵《たまご》で巻《ま》いてよ」

「黙《だま》れお子ちゃまどもめ。酒を飲め、酒を」

そう言ってマスターは、二人の前にグラスを置いた。

「あ、あのわたし……」

「知ってる。ノンアルコールのカクテルだから」

リーリンの前に置かれたのは青い色をした飲み物だった。

(なんだか、健康に悪そう)

そんなことを言ってしまっては、きっとマスターの気を悪くさせてしまうだろう。

でも……

店の照明に混《ま》じるような青い飲み物は、この場所にとても似合《にあ》っているような気がする。

カウンターの向こうから零《こぼ》れてくる強い照明を受けて、飲み物の中の氷片《ひょうへん》がきらきらと輝いていて、宝石《ほうせき》のようだ。

ぐ〜〜〜〜

「うっ」

お腹が鳴ってしまった。

「あはははは っ！」

「わ、笑わないでくださいよ」

「まぁ、食べろ」

シノーラに笑われ、マスターに勧《すす》められ、リーリンは真っ赤になりながらスプーンを取った。

チキンライスを口に運びながら、またカクテルを見つめる。

青い世界の、青い宝石。

隣の客の顔も良く見えない。自分が深い水底《みなぞこ》にいるかのような、そんな感じ。なにもかもが漠然《ばくぜん》とたゆたっていてはっきりとしない。そんな世界。

カウンターの向こうだけは明るくてはっきりとしていて、まるでマスターに見られているような、あるいは客がみんなマスターを見ているような、不思議《ふしぎ》な世界。

養殖湖《ようしょくこ》にある水中トンネルを歩いているような、そんな気分。

（ああ、現実じゃない）

ざわざわと渾然一体《こんぜんいったい》となった話し声は、水の中に飛び込んだときに耳の奥《おく》でする水音みたいだ。

（なんだか、ほっとする）

胸の奥にあったもやもやとしたものが水に溶《と》けていくみたいだ。

チキンライスを食べ終えても、リーリンはそのカクテルを飲めなかった。カクテルの中で回っていた氷片は、もう溶けてなくなっている。マスターが「また作ってあげるから」と言ってくれているのに、それでも飲めなかった。

これを飲んだら、もうこの水の世界にはいられない。

なんだか、そんな気がしたのだ。

「あ〜らら、寝《ね》ちゃった」

三杯《はい》目のカクテルを飲み干《ほ》したところで、シノーラはリーリンが突っ伏《つぷ》して寝ているのに気付いた。

「てか、未成年《みせいねん》をこんなところにつれてくるなよ」

「酔《よ》っ払《ぱら》っていろいろ忘《わす》れたいのは、別に大人だけじゃないのよ」

呆《あき》れるマスターにそう言って、四杯目を注文する。

「辛《つら》い時は平等に誰にだって訪《おとず》れるのよ。そんな時、現実を感じてたくないってのは、誰だって一緒でしょ？」

「酒飲んだからって、何かが解決するわけでもないけどな」

「クッションが必要ってことよ」

「ふん。まぁそんなことだろうと思ったけどな。どうせ、お前が意地の悪いことしたんだろう？　気に入った奴《やつ》にはすぐにガキっぽいちょっかいをかけるからな、お前は」

「いいじゃない。恋《こい》する乙女《おとめ》を見ているのは、楽しいんだから」

「変な趣味《しゅみ》だ」

一言で切《き》り捨《す》てられて、シノーラは苦笑した。

†

レストランでレイフォンたちと別れたシャーニッドは一人、繁華《はんか》街《がい》に足を向けた。

特に何か目的があったわけでもない。なじみの店に顔を出し、顔見知りたちと他愛《たあい》もない話をして時間を潰《つぶ》していく。

夜は長い。

それがシャーニッドの悩《なや》みの種《たね》だった。

長いと感じるのなら部屋に戻ってベッドに潜《もぐ》ればいい。何度もそう思う。別に睡眠薬《すいみんやく》の世話にならなければいけないわけでもない。誰かと約束《やくそく》しているわけでもない。

ただ、時間を潰す。

時間を潰すことに意味なんかあるわけもなく、ただ、ここにいることに意味がある。

意味があるのだろうと思う。

店から出る。路上ミュージシャンが演奏《えんそう》しているのを見つけた。

ミュージシャンを囲むファンたちの群《むれ》から少し離れ、閉店《へいてん》した店のシャッターに背中《せなか》を預《あず》けて目を閉《と》じ、聞くともなく聞く。

こういう時、シャーニッドは特に目立とうとは思わない。対抗試合《たいこうじあい》のおかげで顔が知られていることもあって、学校ではよく女の子たちに捕《つか》まるし、捕まろうと思って捕まっているところもあるが、こういうところでは声をかけられない。

声をかけさせないのだ。

自然と、自分の気配を消してしまう。

路上ミュージシャンを囲むファンたち。自作のアンティークを売る者、それを見るカップル。打ち込みと生演奏が半々のミュージシャンの曲。マイクを通さない生の声が、声量《せいりよう》で演奏に少し負けている。

どこかへと向かってシャーニッドの前を左へ右へと歩いていく人たち。

そんな中で、シャーニッドは目を閉《と》じて時間の流れを見つめる。

耳を澄《す》ませて、その時を待つ。

今日は早くにその時が来た。

カツカツと小気味《こきみ》良くヒールの音が響《ひび》く。リズムを刻《きざ》んでいるかのような規則《きそく》正しさに、シャーニッドは閉じていた目を開けた。

暗かった視界《しかい》に光が飛び込む。アーケードを包む照明が目に痛い。過ぎ去っていく人の中にさっきまで馴染《なじ》みの店で話していた顔見知りもいた。シャーニッドに気付いた様子もなく去っていく。

シャーニッドはゆっくりと目を光に慣《な》らしながら、その時を待った。

目の前を、黄金《おうごん》が過《す》ぎ去ろうとする。

長い金髪《きんぱつ》だ。攻撃的《こうげきてき》なまでに巻《ま》き込《こ》んだ髪《かみ》が彼女の歩みに従《したが》って揺《ゆ》れている。研《と》ぎ澄《す》まされたナイフのように鋭《するど》い顎先《あごさき》。小ぶりの唇《くちびる》を硬《かた》く閉《と》じて、前を、前だけを見つめている。

シャーニッドの前をそのまま過ぎ去っていく。

視線も合わない。

呼びかければ、彼女は止まるだろうか？

止まるかもしれない。

だが、彼女の歩みを止めて、それでどうしようというのだろうか？

答えはある。

だがその答えを実行するにはためらいがある。

そんな自分の優柔不断《ゆうじゅうふだん》さをあざ笑いながら、シャーニッドは預けていた背中をシャッターから離《はな》し、彼女の後に付いていく。

彼女はまっすぐな足取りで繁華街を抜けていく。夜の人波から外れても歩調を緩《ゆる》めることがない。

行く場所が決まっているようだ。

（おや？）

繁華街を抜け、人通りの絶《た》えた道を怯《おび》える様子もなく進む背中に、シャーニッドは内心で首を傾《かし》げた。

いつもは人の多いところを歩き回っている。サーナキー通りからケニー通り、リホンスク通りと流していくのが彼女の日課で、今夜はその日課を外れた場所を歩いている。

（まさか……）

腹《はら》の下に緊張《きんちょう》が溜《た》まっていくのを感じ、シャーニッドはさらに慎重《しんちょう》に殺到《さっけい》を維持《いじ》した。

一定の距離《きょり》を保《たも》ったまま、彼女の足音を追いかける。

辿《たど》り着いたのは、郊外《こうがい》。建築科《けんちくか》の実習区画がすぐ近くにある。入学したての頃《ころ》にはここら辺にもいくつか店があった。場所が場所だけにそれほど人は集まらなかったが、隠《かく》れ家《が》的な雰囲気《ふんいき》を楽しめるということでそれなりの人気があったような気もする。が、気付けばそれらも次々と閉店していった。結局はその程度《ていど》の人気だったということなのだろうし、一年ごとに人の入れ替《か》えが起こる学園都市の流行は興廃《こうはい》が激《はげ》しいということにも原因があるだろう。

ぼんやりとそんな昔の記憶《きおく》を掘《ほ》り返していると、いきなり爆発音がした。

先を行く彼女が足を止めて身構える。音はまだ遠い。シャーニッドは建物の陰《かげ》に身を隠《かく》して殺到を続けた。

頭上を凄《すさ》まじい気配が駆《か》け抜《ぬ》けていく。

(レイフォンか?)

あの気配には覚えがある。一瞬《いっしゅん》だけ視線《しせん》でレイフォンともう一つの影を追う。もう一つの気配には覚えがない。

すぐに視界から消えた二人から視線を戻す。彼女もまたレイフォンたちの気配にはそれ以上の注意を払《はら》っていなかった。音の方へと走っていく。

シャーニッドは殺到を捨《す》てて活剄《かっけい》で肉体を強化すると、建物の屋根へと上って彼女の後を追った。

場所は、やはり店があった辺りだった。ウォーターガンズのボードを売っていた店はシャッターが吹き飛び、都市警《としけい》の武芸者たちが突入《とつにゅう》していた。

視覚を強化。わずかな月明かりで真昼のような明るさを得《え》たシャーニッドは状況《じょうきょう》を確認した。

都市警に囲まれている武芸者が一人いる。だが、その一人はあっさりと都市警の包囲網《ほういもう》を脱出《だっしゅつ》してこの場を逃《に》げ去《さ》ろうとしている。追いかける中に、レイフォンのクラスメートの姿を見たが手助けはしなかった。

逃げていく武芸者に視線を集中させる。なんとか、見える。

女だ。レイフォンたちと同い年くらいだろう。

(……違う)

あれは、彼女が見てはいけないものではない。

胸《むね》に安堵《あんど》が落ちてきて、腹の中の緊張《きんちょう》が溶《と》けて消えた。

気付けば、気配が背後にあった。

「なぜ、ここにいる?」

彼女だ。質問《しつもん》と同時に背中に硬《かた》い感触《かんしょく》が当たる。

追っていた相手に背後に回られるほど間抜けなことはない。自分がそれだけ狼狽《ろうばい》していたということなのだろうが……シャーニッドは内心でそんな自分を笑った。

「夜の散歩《さんぽ》が趣味《しゅみ》なんだよ。お前さんと一緒《いっしょ》でな。今日はおもしろいもんが見られた。なかなか刺激的《しげきてき》な夜だ。そう思わないか？」

「思わないな。騒《さわ》がしい、不快《ふかい》な夜だ」

凜《りん》とした敵意《てきい》を背中に浴《あ》びせかけられ、シャーニッドは両手を挙《あ》げたまま肩《かた》をすくめた。

振り返ろうとして、背中を突かれた。

「動くな。安全装置《そうち》がかかっているとはいえ、この距離《きょり》ならただでは済まないぞ」

それでも、シャーニッドは振り返った。

貫《つらぬ》かれはしなかった。

その手に握られているのは白金錬金鋼《プラチナダイト》の突撃槍《ランス》。

不快さをその鋭《するど》い瞳《ひとみ》いっぱいに表現して、シャーニッドを睨《にら》み付けている。

「なぜ、ここにいる？」

同じ質問が、再び投げかけられた。

「夜の散歩が趣味って言ったぜ？　シェーナ」

「お前にそんな風流があるものか」

愛称《あいしょう》で呼ばれたことで、彼女、シェーナ……ダルシェナはいっそう不快そうな顔をした。

ダルシェナ・シェ・マテルナ。第十小隊の副隊長《ふくたいちょう》。シャーニッドの昔の仲間だ。

「……シャーニッド、お前は、気付いているのか？」

「なにを？」

夜のビルの屋上。二人しかいない場所で、二人にしか通じない質問をシャーニッドは飄々《ひょうひょう》と風に流した。

「…………」

「何度も言うけどよ、おれは散歩してて、偶然《ぐうぜん》ここに来たんだ。それだけだよ。シェーナもそうなんだろ？」

「……そうだ」

「だろ。なら、ここでおれたちが鉢合《はちあ》わせしちまったのは、あの馬鹿騒《ばかさわ》ぎのせいってだけのことさ」

ダルシェナは納得《なっとく》していない顔だが、それでも突撃槍《ランス》を下げた。

「さて……馬鹿騒ぎも無事に終わりそうだ。おれはこれで帰るぜ」

捕《と》り物《もの》の終わった店を眺《なが》め、シャーニッドは歩き出した。

「シャーニッド」

その足を、ダルシェナが止めた。

「どうして、私たちの前から去った？」

なぜ？　どうして？　そんな言葉はあの時にも何度も何度も繰《く》り返《かえ》しシャーニッドに突《つ》きつけられた。ディンは怒《おこ》り、ダルシェナも怒っていた。そして戸《と》惑《まど》ってもいた。

「わかんねぇかな？」

「わからないから聞いている！」

「本当に……？」

「……………ああ」

振り返り、ダルシェナを見る。一瞬だけ見せた怒《いか》りがみるみる内にしぼんでいく様子に、シャーニッドは笑った。

笑ったが、なにも言わなかった。

「どうしてだ……あの時に誓《ちか》っただろう。私たちは、三人でツェルニを守ろうって決めたではないか。忘れたのか？」

ダルシェナが弱々しい口調で責《せ》めてくる。

「忘れちゃいないさ」

「なら……」

「おれはおれなりのやり方であの時の約束を守るさ」

「第十七小隊がそうだというのか？」

「そういうことになるんだろうな」

「私たちといるよりも、第十七小隊にいる方が約束を守れると思ったのか？」

「それは、わかんねぇ。ただ……」

「ただ……なんだ？」

「シェーナ。なにもかもを手に入れようと思ったら、なにもかもを失っちまうはめになるんだ。そういうことばっか言ってると、おれみたいになっちまうぜ」

「なにを、言っている？」

それ以上、答える言葉がなかった。シャーニッドは止めていた歩みを再開《さいかい》させて、まっすぐに自分の部屋に向かうことにした。

ダルシェナは追ってこない。

シャーニッドの言った言葉の意味を考えているのか、それともくだらない言葉と切《き》り捨《す》てて前を見つめるのか……

前を見つめていればいいと思う。ダルシェナにはそれが一番似合《にあ》う。あらゆる重さを振《ふ》り切って、まっすぐに突き進めばいい。

それが一番似合うのがダルシェナ・シェ・マテルナなのだから。

「ああ……まったく」

そんな彼女を願って後を付け回している自分はひどく滑稽《こっけい》だ。

今夜も、うまく寝られる自信がなかった。

†

いきなりの轟音《ごうおん》に、ニーナはすぐに目を覚《さ》ました。

「なんだ？」

活剄《かっけい》で聴力《ちょうりょく》を強化して辺りの様子を窺《うかが》いつつ、すぐさま動きやすい服に着替《きが》える。ベッド脇《わき》に置いておいた剣帯《けんたい》を引っつかみ、乱暴《らんぼう》に腰《こし》に吊《つ》るすと部屋から飛び出した。

同じように起きてきた同居人《どうきょにん》に一階に移動するように指示《しじ》して、自分は外へと出た。

剄と剄のぶつかり合う激《はげ》しい波が、ニーナの全身を打った。

「たしか、こっちから……」

音のした方角を確認して、ニーナは走る。

片方の剄に覚えがある。

（レイフォン？　戦っているのか？）

走りながら剣帯から錬金鋼《ダイト》を抜き出し、鉄鞭《てつべん》に復元《ふくげん》する。

こんな夜中に、突然のことだ。ニーナはわけがわからなかった。どうしてこんなところで戦いが起こっているのか、理解しろというのが無理な話だ。

だけど、レイフォンが戦っている。

それだけで、ニーナが走らなければいけない理由になる。

しかも、この剄の迸《ほとばし》り……最近やっとこういうものが感じられるようになった。これもレイフォンが考えてくれた訓練《くんれん》のおかげなのだろう。

その剄が、対抗試合で感じられるレイフォンのものよりもはるかに激しかった。ぶつかり合う相手の剄にしても同様だ。小隊員よりも強いかもしれない。

いや、きっと強いに違いない。

そんな相手と一人で戦っている。それが、ニーナを焦《あせ》らせる。

「どうして、あいつは……」

その呟《つぶや》きは、最後まで言えなかった。

「っ！」

突然の気配に、ニーナは走る勢《いきお》いのまま左に跳《と》んだ。

走っていた舗装《ほそう》された道路が爆発する。衝剄《しょうけい》だ。

転《ころ》がって勢《いきお》いを殺し、すぐに起き上がる。身構《みがま》えてざっと辺りを見回してみたけれど、すぐ近くには襲撃者《しゅうげきしゃ》の姿はなかった。

「何者だ⁉」

叫《さけ》ぶが、答えはない。

返事は新たな風切り音で届《とど》けられた。

今度も跳んでかわす。地面が爆発する瞬間《しゅんかん》、練り固められた鋭《するど》い剄をニーナは見た。

（矢？）

衝剄を矢の形に練り上げて放っている？

武器は弓《ゆみ》か。

なら、敵は近くにはいない。

「やっかいな」

放たれた方角からだいたいの位置はつかめるが、姿までは見えない。そもそも、ニーナの衝剄ではそんな長距離《ちょうきょり》に反撃するのは不可能だ。

だからといって走って距離を詰《つ》めようとしても、向こうも同じだけ動くだろう。時間をかければなんとかなるかもしれないが……

それでは、レイフォンが一人で戦い続けることになる。

急いでレイフォンの所に駆《か》けつけたい。

(なら……)

覚悟《かくご》を決めた。

一つ頷《うなず》くと、ニーナは一気にレイフォンのいる方角に走り出した。

風が動く。

矢が放たれたのだ。

「えいっ!」

迫《せま》る矢にニーナは鉄鞭を振るった。

当たった。爆発が全身を包む。衝撃《しょうげき》に吹き飛ばされ、ニーナは地面を転がる。

爆発の煙《けむり》を振り払《はら》いながら、ニーナはすぐに起き上がって走り出した。

内力系活剄の変化、金剛剄《こんごうけい》。

レイフォンに教えてもらった防御専門《ぼうぎょせんもん》の剄技《けいぎ》だ。まだ完全に扱《あつか》えているとはいえないが、矢の衝撃を払うぐらいはできた。

「お前に関《かか》わっている暇《ひま》はない!」

どこかにいる射手《しゃしゅ》に怒鳴《どな》りつけ、ニーナは走った。

矢が再び放たれる。

鉄鞭で打ち払う。爆発で吹き飛ぶ。転がり、そして走る。

繰《く》り返しながら、ニーナは走り続ける。

放たれる矢の精度《せいど》に狂《くる》いが生じたように感じたのは三度目の時だった。狙《ねら》いがそれた矢がニーナの背後で爆発していた。

このまま駆け抜ける。狂ったリズムを立て直すのに、射手は手間取っているようだ。矢はニーナに当たることなく、その周囲の地面を砕《くだ》くことしかできていなかった。

到のぶつかり合いがいきなり絶《た》えた。

「くっ！」

嫌《いや》な予感がした。

射手からの矢も絶えた。ニーナは速度をあげて途絶えた音源を求めて走る。

そこには、もう静けさしかなかった。

辺り一面の地面が切《き》り裂《さ》かれ、戦闘《せんとう》の凄《すさ》まじさを物語っていた。切り倒された街灯《がいとう》の断面で火花が散《ち》っている。

目の前にレイフォンの背があった。怪我《けが》をしている様子はなく、そのことにはほっとした。

だけど、動かないレイフォンに嫌な予感が消えない。

地面に転がっているものの中に、錬金鋼《ダイト》があった。レイフォンの青石錬金鋼《サファイアダイト》。復元されたままの錬金鋼《ダイト》は、柄《つか》部分を残してそこから先が失われていた。鋼糸《こうし》になっている様子はない。なにより、その柄部分に大きな亀裂《きれつ》が走っていた。

「レイフォン……」

「……え？　先輩《せんぱい》？」

レイフォンが驚《おどろ》いた様子で振り返った。こんな近くまで来ていたのに、ニーナがいることに気付いていなかった様子に、ニーナは内心で息を呑《の》んだ。

「どうして、ここに？」

「それはこっちのセリフだ。いったい何があったんだ？」

なるべく平常心を装《よそお》って、そう尋《たず》ねる。

「あ、ええと……その……なんて言えばいいのかな？　ええと……」

レイフォンが少し困った顔で、ニーナの様子を窺《うかが》うような目をしてしどろもどろに説明してくる。

（ああ……やっぱりだ）

説明なんてほとんど聞いていなかった。

ただ、レイフォンの顔を見てニーナは漠然《ばくぜん》としていたものが、やはりそうなんだと確信に変わるのを感じていた。

レイフォンは自分を痛《いた》めつけている節《ふし》がある。

幼生体《ようせいたい》が襲《おそ》ってきたときもそうだ。

老生体《ろうせい》と一人で戦っていたときもそうだ。

つい先日の、廃都《はいと》の機関室でのことでもそうだ。

レイフォンは戦うたびに、自分が傷《きず》つく選択《せんたく》をしている。

そう思えてならない。

そして……

（気付いているのか？）

そしてそのことに、レイフォン自身が気付いているのか……それがニーナには判断できなかった。

03　思惑《おもわく》と現実

翌日《よくじつ》、レイフォンは朝一番に錬金科《れんきんか》を訪《たず》ねた。

ハーレイに新しい錬金鋼《ダイト》を作ってもらうためだ。

「これはまた……派手《はで》に壊《こわ》れたねぇ」

朝食の菓子《かし》パンを齧《かじ》っていたハーレイはレイフォンの持ってきた錬金鋼《ダイト》を見て目を丸くした。

「見事に粉砕《ふんさい》されてる」

錬金鋼《ダイト》は復元状態《ふくげんじょうたい》のままだった。実際、ここまで破壊《はかい》されてしまっては基本《きほん》状態に戻《もど》すことはできない。ハーレイ専用《せんよう》のテーブルの上に置かれた柄《つか》だけの錬金鋼《ダイト》は、粉砕部分を指で突くともろい石のように簡単《かんたん》に剝落《はくらく》してしまう。

「修復《しゅうふく》は無理《むり》だね。新調したほうが早いよ」

「ええ。お願いします」

「ん、了解《りょうかい》。データは残ってるからすぐに作れるよ。管理部とかの手続きはこっちでしとくから」

「あ、すいません」

「いいよ。これでも第十七小隊の装備担当《そうびたんとう》だからね。それに、複合錬金鋼《アダマンダイト》の方で登録《とうろく》の手続きとかもしないといけないし。……もうさ、キリクがこういうのぜんぜんだめでさ。全部、僕《ぼく》がやるはめになるんだよね」

肩《かた》をすくめていたハーレイが「そうだ」と手を叩《たた》いた。

「あれの調整、いまやっちゃおっか？」

「いいんですか？　キリクさんいないですけど」

「いいよいいよ。最終調整はほとんど僕がやるんだし。それにおっつけ来るでしょ」

そう言うと、ハーレイは研究室の奥《おく》にある棚《たな》から錬金鋼《ダイト》を引《ひ》っ張《ぱ》り出してきた。

手渡されると、ずっしりとした重さが腕《うで》に伝わってくる。密度《みつど》がかなり高いのだろう。普《ふ》通《つう》の錬金鋼《ダイト》の三倍はありそうだ。

「カートリッジ式を排除《はいじょ》した分、この間よりも断然頑丈《だんぜんがんじょう》にできているよ。ただ、一度配合を決めてしまうともう他の組み合わせを使えないって弱点もあるけどね。レイフォンみたいに色んな剄《けい》が使えるタイプには、そっちの方がいい気もするんだけどね。形なんかもそれぞれの錬金鋼《ダイト》に記憶《きおく》させといて、用途《ようと》に合わせて変えることもできるし」

「でも実際、そんなに器用には使えませんよ」

「そうかな？　うーん……」

そんなことを話しながら復元鍵語《けんご》の声紋《せいもん》と剄紋《けいもん》の入力を済《す》ませる。剄紋は一つだけ。

「本当は二種類記憶させたかったんだけどね、錬金鋼《ダイト》の組み合わせで形態《けいたい》と性質《せいしつ》を変化させるのが複合錬金鋼《アダマンダイト》の長所でさ、簡易版《かんいばん》を作る時に、どうしてもその設定《せってい》に手を出せなかったんだ。出したら、もうバグだらけになっちゃって」

「いいですよ。青石錬金鋼《サファイアダイト》の方があるんだし」

実際、鋼糸《こうし》が対抗試合《たいこうじあい》で使えない状況《じょうきょう》にある今、複合錬金鋼《アダマンダイト》にそれを求めても仕方がない。ハーレイたちは対汚染獣用《たいおせんじゅう》のものも開発中ということもあり、こだわりはなかった。

「じゃあ、ちょっと復元してみて」

ハーレイに促《うなが》され、レイフォンは複合錬金鋼《アダマンダイト》に剄を流す。

手の中の錬金鋼《ダイト》が熱を帯《お》び、形が一瞬《いっしゅん》で変じる。

「……え？」

手の中に収《おさ》まった新たな形に、レイフォンは目を丸くした。

「これ……刀ですよ」

「そうなんだよ」

ハーレイが小首を傾《かし》げるようにして言った。

「キリクがその形にしちゃったんだ」

「……変更《へんこう》、できませんか？」

「だめだ」

不機嫌《ふきげん》な声に否定《ひてい》されて、レイフォンは振《ふ》り返《かえ》った。気配には気付いていた。彼のやってくる特徴的《とくちょうてき》な音もハーレイよりも早くに聞こえていた。

「それは、その形がもっともふさわしい」

車椅子《くるまいす》に乗った美貌《びぼう》の主《ぬし》は、不機嫌にレイフォンを睨《にら》み付けていた。

「キリク。珍《めずら》しく早いね」

「こいつの仕上げには立ち会うと決めていたからな」

そう言ってキリクは乱雑《らんざつ》に散《ち》らかった室内で、器用に車椅子を進めた。

「分類としては剣《けん》も刀も同じになるかもしれないが、その働きは大きく違う。剣は叩《たた》き切り、刀は切り裂《さ》く。切るという行為《こうい》は同じでも、そのために必要な動作が違う。お前の動きは切り裂く方だ。この間のは、刀の形をしていてもその刃は剣をベースにしていた。今度は違う。完璧《かんぺき》に切り裂くためのものにした」

レイフォンの手にある複合錬金鋼《アダマンダイト》を見つめながら、キリクは淡々《たんたん》とそう呟《つぶや》く。

「こいつには実家に秘蔵《ひぞう》されている名刀のデータを入力した。通常の錬金鋼《ダイト》ではその威力《いりょく》を再現できなかったが、こいつならそれに近いものはできるだろう。お前を最強にするための最高の道具だ。それを手に入れることが、不満か？」

「そういうわけじゃ……」

「なら、なにが不満だ？」

それに、レイフォンは答えられなかった。

「お前は、武芸者たち全《すべ》てが望む領域《りょういき》に立つことができる人間だ。なのに本気を出していないということが、俺《おれ》には腹立《はらだ》たしい」

車椅子がギシリと鳴った。見れば、キリクが車椅子の車輪に付いている握《にぎ》りを硬《かた》く握り締《し》めていた。

その体にわずかながら剄《けい》が走るのを、レイフォンは見た。その走りは鈍《にぶ》く、剄の色も濁《にご》っている。

剄脈《けいみゃく》に異常《いじょう》をきたしている。死に至《いた》るほどではなかったのだろう。もしかしたら足が使えないことに関係しているのかもしれない。足を使えなくなるような事故《じこ》のために剄脈が異常をきたしたのか、それとも剄脈の異常のために足が使えなくなったのか……それは聞けない。キリクも話そうとはしない。

だが、キリクがそのことを本心から悔《くや》しがっているのがありありとわかる。

「この場所でお前が本気を出す必要もないだろう。だが、それならどうして汚染獣の戦いでもそうした？　お前にとっては、それすらも本気になる必要のない相手か？」

老生体との戦いは、レイフォン自身死ぬかもしれない可能性《かのうせい》と隣《とな》り合わせの戦いだった。

本気を出していないわけがない。

だけど……

「……どうして、そこまで刀を拒《こば》む」

「拒んでなんて……」

「いいや、拒んでいるな」

弱々しいレイフォンの反論《はんろん》を、キリクは跳《は》ね除《の》けた。

「お前は剣を握ることを選《えら》んでいる。刀で戦うことがお前の本質であるにもかかわらず、だ。そのことが、お前が刀を拒んでいることの証明でなくて、なんだというんだ？」

『なんであんたが刀を使わないのかが気になるけど……』

昨夜《さくや》、ハイアがそう言った。養父《ようふ》の兄弟弟子《きょうだいでし》に育てられたというサリンバン教導傭兵団《きょうどうようへいだん》の団長。その実力は、数々の戦いを生きてきた傭兵団の団長に相応《ふさわ》しいものだった。

鋼鉄錬金鋼《アイアンダイト》の刀。

養父であるデルク・サイハーデンと同じものだ。

動きもそうだった。疾影《しっえい》からの高速攻撃《こうげき》はデルクが得意としていた攻撃パターンだ。グレンダンにいたときのことを、いやがおうにも思い出させてしまう動きだった。

刀で戦うことが自分の本質。

まさしくそうだろう。初めて手にした武器が刀だった。木でできた模擬刀《もぎとう》で、ずっと打ち込みの練習をしていた。

それが、レイフォンの武芸者としての始まりだった。


「どうした、こんなところで？」

いきなり声をかけられて、レイフォンは慌《あわ》てて自分の今いる場所を確認した。

練武館《れんぶかん》へと向かう道だ。ハーレイたちの研究室を出てから、そのままここに来てしまったらしい。

目の前にはレイフォンを覗《のぞ》き込《こ》むニーナの顔がすぐ間近にあった。

「あ、あ……いや、なんでもないです」

その距離《きょより》に驚《おどろ》き、一歩後ろに下がる。だが、ニーナはそれ以上距離を開けさせはしなかった。

「もしかして、昨夜のことで調子が悪くなったか？　熱でもあるのか？」

心配する様子でレイフォンの腕《うで》を取ると、もう片方の手を額《ひたい》に当ててきた。

「大丈夫《だいじょうぶ》、大丈夫です」

ひんやりとした手の感触《かんしょく》に、レイフォンはさらに一歩下がった。

「ん、たしかに熱はないな。じゃあ、なにを考え込んでいたんだ？」

「いえ、たいしたことじゃ……」

「そんなことはないだろう。こんな近くまで来たのにお前が気付かないなんて変じゃないか」

「え……そんなことはないと思いますけど」

「ある」

今日は、どうも自分の意見が認められない日のようだ。いや、よく考えるとこんな時のレイフォンの言葉が信じられたことがあっただろうか？

（……ないね）

悲しくなるほどに、幼少期《ようしょうき》からとっさの嘘《うそ》で言った否定《ひてい》の言葉が信じられたことはなかった。

「それで、今日はなにを悩《なや》んでいるんだ？」

二人は第十七小隊の訓練室《くんれんしつ》で昼食を摂《と》ることになった。途中《とちゅう》にある店で弁当《べんとう》を、練武館の休憩所《きゅうけいじょ》で飲み物を買い、訓練室の端《はし》で弁当を広げる。

「いや、なんでもないですよ」

「嘘を吐《つ》くな」

「いや、本当に……」

「信じられん」

「だから……」

「さあ、きりきり吐《は》け」

こちらの抵抗《ていこう》を完全に無視《むし》している。

困《こま》ったところを見られたなと、レイフォンは食事に逃《に》げた。

口に物が入っている間はなにを聞かれても答えなくていい。なにしろ、ニーナは育ちが良くて食べながら話すのをとても嫌《きら》うのだ。昨晩《さくばん》だってシャーニッドの言葉でむせているハーレイを、渋《しぶ》い顔をして見ていた。

「……食事の後で、絶対に話してもらうからな」

食べることに逃げたレイフォンにニーナが低い声でそう告《つ》げた。

（どうかこの間に誰《だれ》か来て）

切実にそう願う。

だが、残っているのはフェリとシャーニッド。後はハーレイだ。

フェリとシャーニッドは遅刻魔《ちこくま》なので食事が終わった後ぐらいでも来るとは思えない。

後はハーレイだが、レイフォンの新しい青石錬金鋼《サファイアダイト》を作るのに、遅《おそ》くなると言っていたのでこれもまた期待薄《きたいうす》だ。

（……無理だ）

そうなると、話すしかなくなる。たぶんそうなるだろう。こういう時のニーナは強い。それもまた、いままでの経験で十分に理解している。自分がこうしなければならないと思えば、そうするために惜《お》しみのない努力をするのがニーナだ。

「なんで、そんなに気になるんですか？」

食事の合間に、ぼそりとそう聞いてみた。

「なっ、そんなの決まっているだろう……」

なぜか、ニーナはわずかに仰《の》け反《ぞ》るようにして距離を取ってから言った。

「お前が、わたしの部下だからだ」

予想通りの答えを言い切られた。それはもう、いっそ気持ちいいくらいの見事な言い切られっぷりにレイフォンも返す言葉がない。

（……あれ？）

だけど、今日は少し様子がおかしい。

言い切った後に、ニーナは口元を押《お》さえてそっぽを向いてしまった。

「……食べかすでもありました？」

「違うわ、馬鹿者《ばかもの》」

怒《おこ》られた。

そのまま、背中《せなか》合わせになった感じで食事を続ける。

食べ終われば、また質問責《しつもんぜ》めが待っていることだろう。そう思うと食事の進みが遅《おそ》くなるのだが、悲しいかな健康的《けんこうてき》な青少年の胃袋《いぶくろ》はこの程度《ていど》の量はあっさりと片付けてしまう。

ニーナもまた食事を終えた。

（まずい……）

なんとか、残ったジュースをゆっくりと飲むことで時間を稼《かせ》いでいると、訓練室のドアを誰かがノックした。

ニーナが返事をすると、ドアが開く。

「もういてくれたな、よかったよかった」

「フォーメッドさん？　それに……」

フォーメッドの後から、ナルキがいかにも嫌々《いやいや》という様子で入ってきた。

「しかも、いい感じの二人が揃《そろ》ってるじゃないか。時間はいいかな？」

「ええ、かまいません」

ニーナが頷《うなず》き、二人を中へと招《まね》く。

「それで、お話というのは？」

「あまり大っぴらにしたくないからな、手短に用件を話そう」

フォーメッドはそう言うと、背後《はいご》のナルキをちらりと見た。ナルキはやはり不満という様子を崩《くず》さない。

「あ～まず、この間の隊長さんの申し出だが受けさせてもらう」

「本当ですか？」

申し出といえば、ニーナがナルキを第十七小隊に勧誘《かんゆう》しに都市警《けい》の本署《ほんしょ》まで出向いた話しか思いつかない。

「え？　本当にですか？」

ニーナとは一拍《いっぱく》おいて、レイフォンは驚いてフォーメッドとナルキに確認した。ニーナも信じられないようだ。なにしろナルキを見れば、この話が彼女の本意ではないことは明らかなのだから。

「まぁ、条件《じょうけん》が付くのだがね」

「やはりそうですか」

「そこら辺の事情を飲み込んでもらわないと、悪いが入隊の件《けん》は完全になしだ。そもそも本人にやる気がないからな」

「……彼女を欲《ほ》しいのは事実ですが、当人にやる気がなければそれは逆《ぎゃく》に戦力低下に繋《つな》がります」


ニーナがはっきりと告《つ》げた。

やる気がないことでは、間違いなく全小隊一位だった第十七小隊を率《ひき》いているだけに、ニーナの言葉には説得力があった。

「うむ、それはわかっている。だが、うちの頼《たの》みを聞いてくれるなら、こいつもやる気はだしてくれるだろうと信じるさ。それでも、もしそちらの判断でだめだと思ったときはクビにしてくれ、これから言う話もチャラにしてくれていい」

「課長っ！」

「当たり前の話だろう？　いいか、警察《けいさつ》の仕事には潜入捜査《せんにゅうそうさ》というものもある。十分にこなせなければ命に関わるような仕事だ。学園都市でそこまで危険《きけん》な捜査があるわけがないが、お前が将来《しょうらい》、この都市を出た後も警察関係の仕事をしたいと思っているのなら、やってみて損《そん》はない仕事だ。潜入したら潜入先での自分の役目をこなす。やる気を出せと言われればやる気を出せ。できなければそれで終わりだ」

叱《しか》るように言われ、ナルキがうな垂《だ》れた。メイシェンたちの中では姉御肌《あねごはだ》のナルキが叱られた子供《こども》のようになっているのを、レイフォンは意外な驚きを感じて見守った。

「……さて、話を戻《もど》そうか」

咳払《せきばら》いで気を取り直して、フォーメッドはニーナに向き直った。

「で、話というのは？」

「ああ、まずは昨晩の話だ。レイフォン、昨日《きのう》はたすかった」

「逃《に》がしてしまいましたけど……」

頭を下げられて、レイフォンは気まずい気分になる。

「まぁ、それは仕方ない。それに本来の目的の偽装《ぎそう》学生は捕《と》らえたし、品もある程度は抑《おさ》えることができた」

そこまで話して、フォーメッドはニーナに昨晩の捕り物の説明をする。

「違法酒《いほうしゅ》ですか。……その話がいま出るということは、これからする話というものも？」

「そうだ、違法酒絡《がら》みだ」

「まさか……小隊の生徒がそれに手を出したと考えているのでは？」

はっとした顔で訊《たず》ねるニーナに、フォーメッドが重々しく頷《うなず》いた。

「そのまさかだ」

「馬鹿馬鹿《ばかばか》しい。小隊の生徒がそんなものに手を出すなんて……」

「考えられないか？　いまのこのツェルニの状況《じょうきょう》を考えても」

「む……」

「いま掘《ほ》っている鉱山《こうざん》を失《うしな》えば、ツェルニはおしまいだ。その水際《みずぎわ》が今年の武芸大会だ。小隊所属者《しょぞくしゃ》には愛校心の強い者が多いし、ましてや自分たちにのしかかる責任《せきにん》の重さを感じていれば、つい、手を出してしまう者がいてもおかしくはない」

フォーメッドの言葉をレイフォンは納得《なっとく》しながら聞いていた。違法酒……剄脈加速薬《けいみゃくかそくやく》とは本来、そういう時のためにあるものだ。

「……それは、予測《よそく》でしかありません」

ニーナは認《みと》めたくないようだ。

「そうだな、予測だ。もしかしたらそこら辺の成績不振《せいせきふしん》な武芸科の生徒が手を出したのかもしれん。剄脈加速薬の副作用が自分には来るはずがないという、確証不能《かくしょうふのう》な自信だけを頼《たよ》りに手を出した馬鹿者がいるかもしれん。どちらもただの予測だ。だが、どちらの可能性が高いかといえば、おれは前者を押すがな」

「……小隊員が違法酒に手を出しているかもしれない可能性に、裏付《うらづ》けとなるものがあるんですか？」

「……品の進入経路を調べた時、一つの確証を得た。放浪《ほうろう》バスにそのまま荷《に》を積《つ》んできたのでは、こちらのチェックを逃《のが》れられるわけがない。だが、それは商売用の話だ。そうではなく、個人《こじん》への荷なら、しかもそれが少量ずつならチェックは甘《あま》くなる。偽装学生証《しょう》が騙《だま》せるのは人の目だけだ。コンピューターまでは騙せん。なら、ここだけは本物の学生の住所を使っていたはずだ。本物の学生に荷を送り、それから偽装学生の元に集める。ここ一年間の個人宛《あて》の手紙、荷、全《すべ》ての記録を調べ、頻度《ひんど》の多いものを調べていった。上位に記録されていたのは六人……」

そこまで喋《しゃべ》って、フォーメッドがため息とともに言葉を止めた。

「ここから先は、話を受けてもらわなければさすがにだめだ。ナルキの第十七小隊入り。そして目的の小隊を調べることの黙認《もくにん》と協力」

「受けよう」

「いいのか？　もう少しぐらいなら考える時間を……」

「必要ない。確証があるのなら協力する」

「もしも、相手がこの都市を守るために違法酒に手を出していたのだとしたらどうする？」

ニーナの即答《そくとう》に、フォーメッドはさらに問いを重ねてくる。

「守護者《しゅごしゃ》たるべき武芸者の意地が彼らをそうさせているのだとしたらどうする？　やっていることは違法ではあっても、しょせんそれは危険であるからという理由で違法とされたに過ぎない。後がないのならば使うべきだという考えだったならどうする？　ツェルニには確かに後はない。彼らの自己犠牲《じこぎせい》がこの都市を救《すく》う可能性《かのうせい》だったとしたら、どうする？」

どうしてここまでフォーメッドがニーナに問うのか？　おそらくは、ニーナだけでなく、ここにいるレイフォン自身にも問うているのだろうけれど、どうしてそんなことを今聞くのか、わからなかった。

しばらくしてから、わかるような気がしてきた。

フォーメッドはいずれ来るに違いない葛藤《かっとう》に早い段階《だんかい》で決着を付けさせておきたかったんだと。

この時にはわからなかった。

ただ、レイフォンはニーナを見ていた。ニーナがこの問いにどう答えるのか、それだけを見つめていた。

「……なにかを救うのに自分を犠牲にする。たとえ話なら美しいが、そんなものは独善《どくぜん》に過ぎない。目の前の困難《こんなん》に手軽な逃げの方法を選んだだけだ。わたしは、この都市全《すべ》てを守ると決めた。誰かを犠牲にしようなんて思わない。

わたし自身を含めて、全てを守る」

どこまでもまっすぐな言葉がレイフォンたちを貫《つらぬ》いていった。

「……ここまでわがままな言葉は聞いたことがないな」

やれやれと、フォーメッドが首を振《ふ》る。

「だが、ここまで気持ちのいい言葉を聞いたのは初めてだ。改めて協力を願おう」

「了解《りょうかい》した」

ニーナとフォーメッドが握手《あくしゅ》をする。

「それで、相手は……」

「……六人。これは言ったな？　その内の五人の名前は……」

フォーメッドが五人の名前を挙《あ》げていく。

その名前を聞いて、ニーナの表情が強張《こわば》った。

「まさか……」

「五人への荷の送り元は全て同じ都市だ。だが、その都市は五人の故郷《こきょう》ではない。六人目の故郷だ。その六人目の名前は……」

レイフォンにもそれらの名前に覚《おぼ》えがあった。小隊員なのだろう。あいまいな記憶《きおく》だがそんな気がする。

ニーナだってそれをわかった上でこの話を受けたはずだ。

それなのに、どうして……

考えて、レイフォンはようやくその名前がどこに所属《しょぞく》しているのかを思い出し、ニーナと同じ表情になった。

第十小隊。

「ディン・ディー」

禿頭《とくとう》の青年の顔が、レイフォンの脳裏《のうり》に浮《う》かんだ。

†

心地よい寝息《ねいき》がずっと耳元でしているのは、ある意味で拷問《ごうもん》だ。

「まったく……」

眠気《ねむけ》を呼《よ》び寄《よ》せる息遣《いきづか》いにそう呟《つぶや》き、ゴルネオは自分の部屋があるマンションへと夜の道を歩いていた。

小隊の訓練《くんれん》が終わり、食事をして帰る途中《とちゅう》だ。

肩《かた》には当たり前のようにシャンテが乗っかっている。ゴルネオの頭に顎《あご》を乗せ、むにゃむにゃとやっている。よだれを垂《た》らさないかが心配だ。

訓練で十分に体力を使い、満腹《まんぷく》になれば眠くなる。入学してからの付き合いだが、獣《けもの》っぽさ子供っぽさがまるでなくなる様子がない。

「まったく……」

呟きながらマンションへと入る。自分の部屋のある階へと行き、そのままドアを通り過ぎる。

隣《となり》がシャンテの部屋だった。チャイムを鳴らしてシャンテの同郷のルームメイトに肩で眠っている彼女を渡すと、自分の部屋へと入る。

違和感《いわかん》に、すぐに気付いた。

ゆっくりとドアを閉《と》じる。だが、鍵《かぎ》はかけない。剣帯《けんたい》からカード型《がた》錬金鋼《ダイト》を抜《ぬ》き出すとリストバンドに装着《そうちゃく》し、いつでも復元《ふくげん》できるようにする。

「誰《だれ》だ？」

活剄《かっけい》を高め、いつでも戦闘態勢《せんとうたいせい》に入れるようにして、部屋の中に声をかけた。

「……ま、合格《ごうかく》ラインさ〜。できればドアを開ける前に気付いてほしかったけど」

声はリビングからした。

「誰だと聞いている」

リビングの照明が灯《とも》った。ゴルネオは慎重《しんちょう》に廊下《ろうか》を進み、リビングに入る。

ソファに少年が座《すわ》っていた。

少年の前にあるテーブルにはファストフードの紙包みが散《ち》らばっていた。いまもスナックを摘《つ》まみながらストローでジュースを飲んでいる。

顔の左半面を覆《おお》う奇怪《きかい》な刺青《いれずみ》がゴルネオの目に飛び込む。

「事情を説明するからさ。まぁ楽にしたらいいさ〜」

「ここはおれの部屋だ」

赤髪《あかがみ》の少年の平然とした態度《たいど》に敵意《てきい》はない。だが、だからといって警戒《けいかい》を解《と》いていい理由にもならない。ゴルネオはその場に立ったまま少年……ハイアを見下ろした。

「それに、キッチンに隠《かく》れている女。出て来い」

「……あ」

「出て来いってさ」

ハイアに言われ、リビングから続くキッチンの陰《かげ》から少女が出てくる。ハイアと同い年くらいの少女だ。金髪《きんぱつ》で線は細い。わずかにそばかすが残る鼻に、大きなメガネが乗っていた。

その手に握《にぎ》られていた大きな弓《ゆみ》が、復元状態を解かれて縮《ちぢ》まっていく。

「ミュンファの殺到《さっけい》はまだまだ甘《あま》いさ～」

「……すいません」

「気配を消せないってのは射手《しゃしゅ》としては色々とやばいから、日頃《ひごろ》から練習しろって言ってるんだけどな～。誰かをストーキングしてみるとかで」

「そそそ、そんなことできません」

ハイアの言葉にミュンファと呼ばれた少女はぶんぶんと頭を振った。

「気になる男でも見つけてやってみればいいさ～。そいつの一日も観察できて訓練《くんれん》にもなる。一石二鳥さ～」

「そんな……そんなこと……」

顔を真っ赤にして頭を振り続けるミュンファをハイアが楽しそうに眺《なが》めている。

「……それで、貴様《きさま》らは一体何者だ。まさか、こんな茶番をおれに見せるためというわけではないだろうな」

「ん～それだけだったら、ずいぶんと楽しいさ～。だけど、残念ながら違うんだな。おれっちの名前はハイア・サリンバン・ライア」

セカンドネームを聞けば、グレンダンの人間なら誰だって気付く。ゴルネオもすぐにわかって、警戒をより強めた。

「サリンバン教導傭兵団《きょうどうようへいだん》か」

「三代目さ〜。で、こっちはミュンファ。おれっちが初めて教導する武芸者ってわけさ」

「よ、よろしくお願いします」

「む……」

ぺこりと挨拶《あいさつ》する彼女に唸《うな》るように返事をすると、ゴルネオはハイアに視線《しせん》を戻《もど》した。

「……傭兵団が学園都市に何のようだ？　まさか、生徒会長に雇《やと》われたとかいうのではないだろうな？」

「それもありさ〜……ていうか、その方がよかったかな？　う〜ん、ちょっと後悔《こうかい》。ま、これぐらいなら後で取り返せるさ〜」

暢気《のんき》なその言い方はゴルネオの癇《かん》に障《さわ》る。

「それで、なんの用なんだ？」

「ここには商売をしに来たわけじゃないさ〜。で、あんたには協力して欲《ほ》しくて来たんだ。元ヴォルフシュテインはおれっちたちの事情を知らなそうだったから、あんたのところに来てみたのさ〜」

「協力？　それに事情だと……？」

「協力ってのは情報提供《ていきょう》さ〜。都市の事情はその都市に住んでるもんが一番詳《くわ》しい。当たり前の話さ〜。で、事情ってのは……あんたは知ってると踏《ふ》んだんだけど、どうさ〜？グレンダンの名門ルッケンス家の次男坊《じなんぼう》だから、知っていてもおかしくないと思ったんだけどさ〜？　傭兵団の創設秘話《そうせつひわ》って奴《やつ》さ〜」

「……まさか」

「おっ、知ってたさ〜」

「本当にいたというのか……？　廃貴族《はいきぞく》が」

信じられないと、ゴルネオはハイアを見た。

ゴルネオがその名前を聞いたのは、兄が天剣授受者《てんけんじゅじゅしゃ》となった時だ。祖父《そふ》が兄に話していたのを横で、おまけとして聞いていた。

「壊《こわ》れた都市が生《う》む狂《くる》える力……」

祖父はそう話していた。サリンバン教導傭兵団は、その力を探《さが》すために都市の外へと出たのだと。

「与太話《よた》だと思っていたが……」

「本当に与太話だとしたら、初代もこんな苦労しなくて済《す》んださ〜」

「まさか、本当にいたというのか？」

「疑《うたが》い深いねぇ。ま、いたのはツェルニにじゃなくて、お隣《となり》にあるぶっ壊《こわ》れた都市さ〜。おれっちたちはあっちに潜入《せんにゅう》して捜索《そうさ》したんだけど見つからなくてさ〜。こっちに移動《いどう》したと踏んで、来たのさ〜」

「あの都市に……」

ふと、ゴルネオは記憶《きおく》にひっかかるものを感じた。

「……そういえば第十七小隊の念威繰者《ねんいそうしゃ》がなにかを見つけていたな」

「お？」

あの時は、第五小隊《こちら》の念威繰者がなにも感じられなく、レイフォンのいる第十七小隊だということもあって本気にはしていなかった。

しかしもし本当に、あれが廃貴族なのだとしたら。

「都市を失ってなお存在《そんざい》する狂った電子精霊《でんしせいれい》……まさか本当に実在するとは」

「本当にいるんだから仕方がないさ〜。まっ、おれっちだって半信半疑《はんしんはんぎ》だったし、どうやって見つければいいかなんてまるで見当付いてないんだけどさ〜」

「あの……団長」

いままでずっと黙《だま》っていたミュンファがおずおずと手を挙《あ》げて発言の許可《きょか》を求めた。

「なにさ〜？」

「その……第十七小隊？　の念威繰者さんですか？　その方に協力をお願いするのはどうでしょうか？　フェルマウスさんでも大まかな方向しか見つけられなかったんですし、なにより、フェルマウスさんがここに来るのは無理だと思うし……」

「それは良い案さ〜。それでゴルネオさん、その念威繰者ってのは誰さ〜？」

「フェリ・ロス。ここの生徒会長の妹だ」

「生徒会長……ってことは、実質《じっしつ》この都市の支配者ってこと？」

「そうだ」

「ますますやりやすいさ〜」

確認して、ハイアはにやりと笑うと、ゴルネオからさらにあれこれとツェルニの情報を引き出していった。

†

その日はナルキを残りの三人に紹介《しょうかい》し、いつも通りの基礎《きそ》訓練《くんれん》の重視《じゅうし》に時間を当てた。

そして明後日《あさって》から予定していた強化合宿の中止もまた、ニーナの口から伝えられることになった。

ボールを床《ゆか》にばらまいてバランスを取る訓練で、何度も転《ころ》ぶナルキにレイフォンは自分にできる範囲《はんい》でアドバイスをした結果、二時間後にはなんとか室内を早足で歩き回れるくらいにはなった。

その後、ボールの上に立ったままで組み打ちを行う。ゆっくりとした動作で型通りに動いていくのだが、ナルキは何度か転びながらもそれをやり遂《と》げた。

ニーナが終わりを告《つ》げた頃《ころ》には、汗《あせ》みずくで座《すわ》り込《こ》んだまま動けなくなっていた。

「大丈夫《だいじょうぶ》？」

解散《かいさん》が告《つ》げられ、他の隊員たちがシャワールームへと向かう中、レイフォンは動けないナルキにスポーツドリンクを渡した。

「……レイとんは、毎日こんなのをしてるのか？」

「今日はゆるい方だよ」

ボールの打ち合いもしてないし、実際《じっさい》、それほど激《はげ》しい練習でもない。ただ、だからといって実のない練習というわけでもない。基礎練習は重要だ。特に、試合が近いいまは、無理に新しい技《わざ》を覚えるよりも現状の技能《ぎのう》を底上げする方がいい。

「ハードだな」

ナルキはそう呟《つぶや》くとスポーツドリンクを一気に飲み、口元を拭《ぬぐ》う。

彼女にとって、このハードさは不本意に違いない。第十小隊を見張《みは》り、違法酒《いほうしゅ》を使用した証拠《しょうこ》を手に入れるのが、ナルキがここに来た理由《りゆう》なのだから。

「レイとんが強いのがしみじみ理解《りかい》できるな。あたしがこんなに疲《つか》れてるのに、レイとんは汗一つかいてない」

「でも、ナッキは別に、小隊員になりたいわけじゃないでしょ？」

「……そうだけどな。でも、あたしは武芸者で、都市警察《としけいさつ》でも武芸者としての役割《やくわり》を求められる。荒事《あらごと》には荒事で対処《たいしょ》しないといけないし、そうするとやっぱり実力が必要になる」

ナルキが整った呼吸《こきゅう》で、大きくため息《いき》を吐《つ》いた。

「ここにいる意味はあるんだ。強くなる。武芸者に誰《だれ》をも納得《なっとく》させる理由があるとしたら、これぐらいのものだろう？　強くない武芸者は悲しいものだっていうのは、あたしだって知ってる。だけど、なにかが納得できてない。うまく言えないんだけどな」

「……わかるよ」

なんとなくだけど、わかる。

「僕《ぼく》も、前はひたすら強くなりたかった。強くなりたいのにはちゃんとした理由があったんだ。そのためにがんばってきた。だけど、ここに来て、がんばる理由がなくなって、ちょっと困《こま》ってる」

園のみんなに食べさせるだけのお金を儲《もう》ける。そのために強くなった。いつのまにか気持ちが暴走《ぼうそう》してグレンダンの全ての孤児《こじ》を……なんてなってしまったけれど、それでもレイフォンにとっては自分を支《ささ》える理由になっていた。

「でも、レイとんはまだここにいるじゃないか」

「うん、そうだね」

「レイとんにだって色々とここにいる理由はあるんだろうけれど、でも今もちゃんとここにいる。ここにいて、がんばってるじゃないか。最初の頃《ころ》よりもぜんぜんやる気があるように見えるぞ」

「そうなんだよね。そのことは、もうちゃんと割《わ》り切ってるんだよね」

「……なんだか、今日のレイとんは変だな」

ナルキが首を傾《かし》げるようにしてレイフォンを見上げた。

「なにか、悩《なや》みでもあるのか？」

「うん、大丈夫だよ」

「それは、悩みがあるないの答えにはなってないぞ、レイとん」

「うん、だから、大丈夫」

「悩みがあるんだな。なんだ？　あたしには話せない問題か？」

「悩みっていうほどのものじゃないんだ。ただ、どうしても譲《ゆず》れない気持ち……かな？　そういうのとぶつかった感じで、ちょっと整理がついてない」

腰《こし》にある剣帯《けんたい》の重みに意識がいった。いま、そこには二本の錬金鋼《ダイト》がぶら下がっている。一つはハーレイが新調してくれた青石錬金鋼《サファイアダイト》。もう一つは、キリクの作ってくれた簡易型《シム》複合錬金鋼《アダマンダイト》。

刀という形。

「……そういうのを悩みって言うんじゃないか？」

「そうかな？」

「それが悩みじゃなかったら、悩みなんてどこにもなくなるぞ」

「うーん」

確かに悩みなのかもしれない。だけど、悩みといったらどんな風に解決すればいいか……そういう風に考えてしまう類《たぐい》のものじゃないかと思う。

刀を握《にぎ》りたくないレイフォンの気持ちは真正のものだ。

できれば、この気持ちは譲《ゆず》りたくない。

キリクが言った最強になれる可能性《かのうせい》。武芸者にとって強いということは大事なことだ。都市を守るためにこの能力がある。その通りだと思う。強くなければ守れない。そのことは、十分に理解している。

強いだけでは守れないということも十分に。

体を壊《こわ》して武芸者としてなにもできなくなった苛立《いらだ》ちというのは、想像はできる。きっと、理解はできない。なぜならレイフォンは健康な体だからだ。

キリクには、レイフォンはもどかしい存在《そんざい》なのかもしれない。

そのもどかしさをレイフォンにぶつけられるのは迷惑《めいわく》だ。だが、キリクのそれはヒステリックなものではない。もっと誠実《せいじつ》な願いだ。自分の中にある強さへの希求《ききゅう》の影《かげ》を残しながら、武芸者としては当たり前の道へとレイフォンを誘《いざな》おうとしている。

キリクはその道に、刀という形の簡易型複合錬金鋼《シム・アダマンダイト》という道標《どうひょう》を置いたに過ぎない。そして「どうしてこの道が正しいのに行かないのか？」と聞いているのだ。

言葉はある。

どうしてその道に行かないのか、その理由を説明するための言葉はある。

だが、その言葉を言ったところで誰が納得《なっとく》するだろう。いや、納得するかもしれない。

そして納得した上で、こう言うに決まっている。

「だがな、レイフォン……」

その言葉は聞きたくない。

「おまたせ〜」

ハーレイの機嫌《きげん》のいい声が訓練室《くんれんしつ》いっぱいに広がった。ナルキとの改めての顔合わせが終わった後、ハーレイはレイフォンに二本の錬金鋼《ダイト》を渡して自分の研究室に戻《もど》ったものだと思っていたのだけれど。

「どうかしたんですか？」

「どうしたもなにも、新人さんがいるんだから僕の出番がたくさんあるじゃないか」

うきうきとした様子のハーレイの手には、武器管理課の書類が握《にぎ》られている。

「ナルキさんの武器を用意しないと」

「あ、いえ……あたしはこれで十分……」

ナルキが剣帯にある錬金鋼《ダイト》を見せようとしたが、ハーレイは首を振った。

「それは都市警察のでしょ？　都市警マークの入った武器なんて試合で使えるわけないじゃん」

「あ、でも……」

「いいからいいから、お望みのならなんでも作るから。行こう」

目をキラキラさせながら、ハーレイはナルキの手を掴《つか》んで研究室へと引きずっていく。

「どんなのがいいかな？　やっぱ打棒系《だぼうけい》がいいの？　それならニーナよりも短くて取り回

しが利《き》くほうがいいよね。あ、そういえば腰《こし》に巻《ま》いてるそれなに？　取《と》り縄《なわ》？　ふーん捕《ほ》縛術《ばくじゅつ》ねぇ。それって面白《おもしろ》そうだねぇ」

津波《つなみ》のごときハーレイの質問《しつもん》に押《お》し切られるようにナルキが連れ去られていく。レイフォンに助けを求めるように見てきたが、レイフォンには「ご愁傷様《しゅうしょうさま》」と言う以外にできることはなかった。

「さて……」

ナルキもいなくなって、部屋には一人になった。

だが、ナルキがいなくなったからといってフォーメッドに依頼《いらい》されたことを無視《むし》していいわけでもない。

「僕《ぼく》がやるしかないんだよなぁ」

そう呟《つぶや》くと、レイフォンは殺到《さっけい》で自《みずか》らの気配を消した。

†

ナルキを紹介《しょうかい》された時からわかった。

「なんだか、仲間はずれにされています」

シャワーで汗《あせ》を流し、フェリは一人で練武《れんぶ》館《かん》を出ていた。今日はレイフォンと一緒《いっしょ》に帰ることにはなりそうにない。ここで待ち続けているのも、なんだかとてもらしくないような気がしたので、歩き出した。

なぜ仲間はずれにされたと思ったのか……それはレイフォンを見ていればわかる。あの正直者は口には出さなくても、表情で隠《かく》し事があることがまるわかりだ。

なんだか、面白《おもしろ》くない。面白くないけれど、だからといって自分から関《かか》わろうかなんて言うのは……悔《くや》しい。

念威《ねんい》を使って探《さぐ》ってやろうかとも思ったが、やめた。ニーナやナルキなら気が付かれないままに念威端子《たんし》をそばに置いておく自信はあるが、レイフォンにはきっと通用しないだろう。

普段《ふだん》ならわからない。でももし、戦うような状況《じょうきょう》になっていたらすぐに見つかってしまうに違いない。戦い始めたレイフォンの感覚はすごい。自分の周囲の全《すべ》ての流れを察知《さっち》しているかのようだ。

そんな中に、フェリの念威端子があればどうなることか……

迎撃《げいげき》されるだけならまだマシだけれど……

そんなことを考えながらフェリは練武館から離《はな》れ、路面電車の停留所《ていりゅうじょ》に向かった。路上にポツンとある練武館前と書かれたその停留所は、ほぼ毎日人が少ない。利用する客がほとんどいないのだ。武芸者の連中は訓練中に熱くなった体を冷ますのだとそのまま走って帰る者が多い。ニーナや、あのシャーニッドにしても同様だ。レイフォンは、フェリと帰る時には利用するが、そうでない時にはおそらく使ってないだろう。

他の隊の念威繰者《そうしゃ》も、あまり使わない。剄《けい》による肉体強化ができなくとも、戦闘《せんとう》の緊張《きんちょう》に耐《た》えられるよう体を鍛《きた》えている者は多い。やはり、自分の部屋まではいかなくてもランニングして帰っていく。

毎日電車を利用するのはフェリぐらいなものだ。

特に夕方の、多くの生徒《せいと》が自室やバイト先や遊戯施設《ゆうぎしせつ》のある区画に移動《いどう》する時間では、フェリ一人がいるということがほとんどだ。

だから、ぽつんと、地面から浮《う》き上がるようにしてある停留所に珍《めずら》しく先客がいることにフェリは違和感《いわかん》を覚えた。

雨避《あめよ》けの天井《てんじょう》の下、一つだけあるベンチに座《すわ》っている。赤い髪《かみ》が良く目立つ。見た覚えがまるでない。着ているものも、この時間のこの場所で制服《せいふく》ではなく、私服《しふく》だというのも珍しい。授業《じゅぎょう》時間が過ぎているので私服でも問題ないけれど、私服に着替《きが》えてまでここら辺の区画にやってくるというのは珍しい行動の類《たぐい》だ。腰《こし》には錬金鋼《ダイト》の吊《つ》るされた剣帯《けんたい》が堂々と巻かれている。こちらは立派《りっぱ》な校則違反《こうそくいはん》だ。私的時間での錬金鋼《ダイト》の所持《しょじ》は、特別な許可《きょか》を得《え》た生徒以外はこれを禁《きん》ずる。自宅謹慎《じたくきんしん》一週間というところか。もっとも、これを守っている生徒がどれだけいるかは疑問《ぎもん》だけれど、ここまで堂々としている生徒もそういるものじゃない。

なんとなくだが、雰囲気《ふんいき》が違う気がした。

路面電車が来るまで近づかない方がいいかもしれない。いや、電車を一本やり過ごした方が……そう考えた。いざとなれば抵抗《ていこう》すればいい話だが、無理に危険《きけん》に近づく必要もない。なにより、この時間の路面電車は無人に近い。あの男と一緒《いっしょ》に密閉《みっぺい》された空間にいることを、体が拒否《きょひ》しているように感じた。

このままここで立ち尽《つ》くしているのも不自然だ。フェリはくるりときびすを返して練武館《れんぶかん》へと戻ることにした。レイフォンに声をかける良い理由ができたと、頭の隅《すみ》で考えた。

「あんたが、フェリ・ロスさんかい？」

いつのまにか、背後《はいご》に立たれた。

「っ！」

前に飛んで距離《きょり》を稼《かせ》ぎ、振《ふ》り向《む》く動作とともに剣帯から錬金鋼《ダイト》を抜く。重晶錬金鋼《バーライトダイト》、復元《ふくげん》。鱗《うろこ》か花弁《かべん》を繋《つな》ぎ合わせたような杖《つえ》の形が手の中に現《あらわ》れる。

「おっと待った。なにもしないさ～」

両手を挙《あ》げて、男は敵意《てきい》がないことを示《しめ》した。鋼金錬《ダイト》も剣帯に納《おさ》められたままだ。

それでも、フェリは念威端子《ねんいたんし》を展開《てんかい》しつつ、ある程度《ていど》の距離《きょり》を取った。フェリの反射神経《はんしゃしんけい》でも、いざという時に武芸者に対応できる距離だ。

顔の左半面に刺青《いれずみ》を彫《ほ》った奇妙《きみょう》な男は、ハイア・サリンバン・ライアと名乗った。

「そんなに離《はな》れちまったら、話せないさ〜」

「こちらは聞こえますし、あなたも聞こえています」

耳元でした声に、ハイアは特に驚きを示《しめ》さなかった。念威端子を一つ、そこに移動させたのだ。

「それには念威爆雷《ばくらい》を仕《し》込んでいます。剄《けい》に反応《はんのう》しますので、ただでは済《す》みませんよ」

それ一つで武芸者の速度に対応できるとは思っていない。フェリとハイアの直線距離、その周囲《しゅうい》、自分の周囲にも念威爆雷を仕込んだ端子を放つ。

「たいした用心深ささ〜。こんな時でなかったら、うちにスカウトしたいね」

「丁重《ていちょう》にお断《ことわ》りさせていただきます」

「はやっ！」

「それで、なんの用ですか？」

「うわぁ……なんだかもう、あんた、おれっちの苦手な人さ〜」

「わたしも、あなたに好かれたいとは思えませんね」

ハイアの背後で路面電車が停留所に止まった。開かれたドアから誰《だれ》かが降《お》りてくる。

「フェリっ！」

叫《さけ》んだのはカリアンだ。

「ああ、やっと来たさ〜」

ハイアが胸《むね》をなでおろした顔で走り寄《よ》るカリアンを迎《むか》える。その側《そば》には、やはり見覚えのないメガネの女性がいた。

「困《こま》るな。先に行ってもらっては」

「商談《しょうだん》は早いに越《こ》したことないと思ったのさ〜。だけど、あんたの妹は硬《かた》いね。まるで気《き》難《むずか》しい猫《ねこ》みたいさ〜」

「人見知りをするんだ」

カリアンのその一言にカチンときた。

「……いったい、この人たちはなんですか？」

説明を求めながら、フェリはこれからカリアンがするだろう命令を絶対に断ろうと決めた。

きっと、なにもかもが気に入らないに決まっているから。

†

殺到《さっけい》で気配を消したレイフォンは練武館正面入り口の屋根で時間を潰《つぶ》していた。

（さて、どうしよう……）

第十小隊はまだ訓練をしているようだった。ドアを開ければさすがに気付かれるので中の様子までは見ていないけれど、聞き耳を立てると微《かす》かに昨晩《さくばん》聞いたディンの声がした。

出てきたら、そのまま尾行《びこう》する。

そうする以外のやり方がわからない。

フォーメッドが欲《ほ》しいのは、ディンが違法酒《いほうしゅ》である『ディジー』を持っているところ、あるいは明確《めいかく》に使用したとわかる証拠《しょうこ》だという。

（そんなの、どうやって見つければいいんだろう？）

ディンの部屋に潜入《せんにゅう》すればいいんだろうか？　だけど、そんな泥棒《どろぼう》のような真似《まね》をして証拠として扱《あつか》ってもらえるのだろうか？

（部屋に入るだけなら簡単《かんたん》なんだけどな）

プロの泥棒のように針金《はりがね》一つで鍵《かぎ》を開けるなんて芸当はできないけれど、今のように気配を消してドアの鍵を剣で切ってしまえば簡単だ。あとは無事に証拠が出てくれれば大成功……だけど、出てこなければ余計《よけい》な警戒《けいかい》を招《まね》くことになるのはわかりきってる。

ナルキがいてくれればいいんだけど、今日はきっと無理《むり》だろう。

なら、今日はただ行動を観察するしかない。

(うーん)

できるかな？　レイフォンは心の中で心配になった。殺到を続けることに苦労は感じないし、いざとなれば一日中気配を消して誰《だれ》かの側にずっといることぐらいはできると思うが、それが果たして役に立つのかどうか……レイフォンの心配はそこにあった。

ドジをすることはないだろうが、相手が期待した成果を出すこともない。漠然《ばくぜん》と、自分の行動の結果が読めてしまったような気がした。

なんにしても、警察《けいさつ》活動なんてそれこそ強行突入《とつにゅう》の現場で腕《うで》っぷしを披露《ひろう》するぐらいしかしたことのないレイフォンには、それ以上の良い案など思いつくはずもなく、それがモチベーションを激《はげ》しく下げていることが問題だった。

そんなことを考えていると、ディンが出てきた。

(ま、やるしかないか)

ディンはこの間のように小隊員を連れていた。ディンを合わせて七人。第十小隊全員がそこにいることになる。最後尾《さいこうび》にいる一人が念威繰者《ねんいそうしゃ》のようだった。足運びを見るだけでそれはわかる。武器《ぶき》を扱《あつか》って動くように訓練《くんれん》された人間には、独特《どくとく》の動きがある。短髪《たんぱつ》に刈《か》っている生徒は珍しくないけれど、毛根《もうこん》を除去《じょきょ》したのではないかというぐらいの禿頭《とくとう》はさすがに珍しい。そんなディンの斜《なな》め後方に、この間はいなかった豪華《ごうか》な美女がいた。

（彼女が副《ふく》隊長の？）

ダルシェナ・シェ・マテルナだろう。大人の女性というよりも、なにかそういった彫像《ちょうぞう》のような美しさを宿しているように見えた。

その二人に率《ひき》いられるように残りの五人が後に付いていく。

レイフォンは屋根から飛び降りようとして、足を止めた。

間を置いて、正面玄関《げんかん》から出てくる人影《ひとかげ》がある。

（隊長？）

ニーナだ。帰ったものだと思っていた。訓練の後にもなにも言ってこなかったし、さっさとシャワーを浴《あ》びに行ってしまったから、今日はなにもしないのだと思っていたのだけど……

殺到は使っている。レイフォンほどではなく、シャーニッドほどに精緻《せいち》にその場の空気に溶《と》け込《こ》むようなものでもないけれど、それでも気配を消してはいる。

すぐにレイフォンはそれを察《さっ》した。だけど、ここでニーナを止めても聞かないだろうということも経験上《けいけんじょう》わかっていた。なにより、止めようとして言い合いにでもなったらそれでディンたちに自分たちのことがばれてしまう。

（このままいくしかないか）

十分に先に行ったのを確認して、レイフォンは屋根から下りた。

さて、どうするか……？

ディンたち第十小隊の面々は路面電車を使うことなく徒歩《とほ》で移動《いどう》していた。その後にニーナが付き、レイフォンはさらにその後ろにいる。

奇妙《きみょう》なことになっていると思うが、この均衡《きんこう》をレイフォンが崩《くず》すわけにもいかない。なにより、レイフォンが判断《はんだん》していい状況《じょうきょう》でもない。

（ナルキがいれば……）

そう思うのだけど、ナルキがハーレイに捕《つか》まってしまった以上、そしてハーレイが事情を知らない以上、彼がナルキをそう簡単《かんたん》に手放すはずがないことはわかっている。

自分で判断もできず、レイフォンはなんだかとても間抜《まぬ》けなことをしているのではないかと思いながら、ディンたちを追っていた。

ディンたちは他愛もない会話をしながら歩いているようだった。隊員の誰かが砕《くだ》けたことを言い、それに誰かが乗っかり、笑いが起こる。ごく普通《ふつう》の、レイフォンたち第十七小隊でも見られるような会話がなされ、そして新たな話題の火種がどこからともなく灯《とも》っていく。

ニーナのように顔をしかめる役は、隊長のディンがしていた。

これには、レイフォンは意外な気持ちを隠《かく》せなかった。なんとなくだが、その役目は副隊長のダルシェナがするような気がしたのだ。身にまとう雰囲気《ふんいき》はニーナに似ていて、そしてニーナよりも洗練《せんれん》されている。上品と典雅《てんが》を身にまとった麗人《れいじん》……そんな様子で、まさしくその通りだと思うのだけど、時には隊員たちの冗談《じょうだん》に下品にならないように口元を崩《くず》してやり返しているように見えた。

なんだか、その時の雰囲気がシャーニッドに似ているような、そんな気さえする。

ディン・ディー。

ダルシェナ・シェ・マテルナ。

そして、シャーニッド・エリプトン。

かつて第一小隊に迫《せま》る実力を持っていたといわれる第十小隊の連携《れんけい》を作っていた三人。

フォーメッドの口からディンの名が出た時のニーナの狼狽《ろうばい》を思い出す。

ニーナはなにに驚き、そして慌《あわ》てたのか？

シャーニッドのことを考えて……それが妥当《だとう》な答えだろう。

なにがあってシャーニッドが第十小隊を抜けたのかはわからない。だけど、それほどの信頼感《しんらいかん》で結ばれた三人の間になにがあったのか、それをレイフォンは知らない。

このことをシャーニッドが知ったらどうなるのか？　あの、いつも飄々《ひょうひょう》としている男がこの事実を知ったら……

（ああ、そうか……）

ニーナの心配はそこにあるのかもしれない。

練武館の区画を出る辺りになって、第十小隊に解散《かいさん》の兆《きざ》しが見えた。一人、また一人と別の道へと別れていく。きっとその先にそれぞれの寮《りょう》なりアパートなりがあるのだろう。

やがてダルシェナもディンと分かれて別の道へと歩いていく。

ディンだけが残った。

分かれていく第十小隊の中で、ニーナは迷《まよ》わずディンを追い、レイフォンもその後に付き続けた。

主犯格《しゅはんかく》はまずディンに間違いないとフォーメッドも言っていた。ディンの出身地は彩薬《さいやく》都市ケルネス。違法酒《いほうしゅ》を禁《きん》じていないどころか、現在も生産している数少ない都市だ。入手する方法を知っていたとすればディンしかいない。

このまままっすぐ自分の部屋に戻《もど》るのか……一人歩くディンを見ながらそう思った時、動きがあった。

動いたのは、ニーナだ。

「ディン・ディー」

いきなり殺到《さっとう》を解《と》いて呼びかけるニーナに、レイフォンは慌《あわ》てた。止める暇《ひま》はなかった。

振《ふ》り返るディンに、レイフォンはなんとか殺到を維持《いじ》することに専念《せんねん》した。

「ニーナ・アントーク？　第十七小隊が何のようだ？」

ディンの態度《たいど》は友好的ではなかった。むしろ嫌悪《けんお》さえ見えた。

「話がある」

「こちらにはない。聞く価値《かち》があるとも思えん」

「大事な話だ」

にべもなく立ち去ろうとするディンを逃《に》がすまいと、ニーナは矢継《やつ》ぎ早《ばや》に喋《しゃべ》った。

「違法酒に手を出すのを止《や》めるんだ」

「……なんの話だ？」

ディンが足を止め、ニーナに振り返った。

「都市《とし》警察《けいさつ》がお前たちに目を付けた。証拠《しょうこ》が挙《あ》がるのはすぐだ。まだ間に合う、いまのうちに手を引くんだ」

「勝手なことを言ってくれるな。証拠もまだないというのに、おれを犯人扱《はんにんあつか》いか？」

「証拠が出てからでは遅《おそ》いだろう」

声を荒《あら》げたいのを必死に抑《おさ》えている様子で、ニーナが言う。

ディンの表情は冷たい。

こんな時、お前は犯罪者《はんざいしゃ》だなんて言われれば、普通《ふつう》の人間なら怒《おこ》るのではないだろうか？　そうしないディンは、やはり本当に違法酒を扱《あつか》っているのだろうか？

いや、それよりも……

なぜ、ニーナはこんなことをしているのだろう？　こんなことをすれば逆《ぎゃく》にディンに警《けい》戒《かい》されてしまう。

いや……

そうじゃない。

（これじゃあ、まるで……）

ディンをなんとか犯罪者にしないようにしているみたいじゃないか。

「……やめて、どうしろと言うんだ？」

「自分を壊《こわ》してまで、どうして違法酒なんて危険なものに手を出す？　それでは結局《けっきょく》、何も守れないじゃないか」

「守るために必要だからだ。第一小隊に勝つ。試合でも、総合成績《そうごうせいせき》でも、だ。必要なのは発言力だ。武芸大会が起こった時に、ヴァンゼを凌《しの》ぐ発言力がなければおれの作戦は無数にある中の一つにしか過《す》ぎなくなる。それではだめだ。それでは勝てない。おれはおれの方法でこの都市を守る。そのために必要だからだ。お前にならわかるだろう。おれもお前も、隊の作戦を仕切る者だ。次の大会ではこうしたいと思うものがあるだろう？」

「もちろんある。あるけれど、それが本当に勝てる作戦ならば支持《しじ》は得《え》られるはずだ」

「作戦を支持するものはあくまで実績《じっせき》だ。それがない者の立てた作戦を誰《だれ》が信じる？　甘《あま》いことを言うな」

「甘くはない。現状を冷静に見つめる目と、そこからどうするかという作戦立案能力《のうりょく》。わたしたちが今問《と》われているのはこの二つだ。磨《みが》かなければいけないのは自分の能力だ。そして自らを磨くからこそ、自らの考えを自信を持って提示《ていじ》することができる。違法酒に逃げるような行為《こうい》で、どうやって自らの正当性を証明《しょうめい》できるというんだ」

「おれの理想《りそう》を打《う》ち崩《くず》したお前たちが、正当性などとほざくな！」

ディンが吠《ほ》えた。ニーナがぐっと息を詰《つ》まらせる。

「薄汚《うすぎたな》い方法でシャーニッドを引き抜いておいて、いまさら善人面《ぜんにんづら》か」

「ち、違う……わたしは引き抜いたりなんか……」

「いまさら、お前たちの言葉に耳を貸《か》すわけがないだろう。都市警察に情報を流すなら、好きにすればいい。おれは、全力でおれの意思《いし》を貫《つらぬ》く。この都市を守るのはおれだ。シャーニッドに伝えておけ、あの時の誓《ちか》いは、おまえがいなくとも守れるとな」

言い捨《す》てて去るディンを、ニーナは止めることができなかった。

レイフォンはディンを追いかけることもできず、悄然《しょうぜん》としたニーナの背中《せなか》をただ見つめるしかできなかった。

04　輪《わ》の外にいる

そんなことで許《ゆる》してくれるわけもなく……

翌日《よくじつ》の朝。課題《かだい》を済《す》ませるために図書館にやってきたレイフォンはそこで待ち構《かま》えていたナルキたちを見て、とても乾燥《かんそう》した声でそう呟《つぶや》いた。

「わー、それが新しい錬金鋼《ダイト》なんだー」

ナルキの剣帯《けんたい》にはいままでの都市警《としけい》で支給《しきゅう》される錬金鋼《ダイト》の他に、ハーレイの作った錬金《ダイ》鋼《ト》が吊《つ》るされていた。

「ねー、ていうかビックリだよ。一晩《ひとばん》明けたら小隊のバッヂ付けてるしさ。なにがあったー？　って感じだよね」

いや、待ち構えていたのは約一名。残りの二人はごく普通《ふつう》にレイフォンを待っていてくれただけだ。

「まぁ、色々とあってな」

渋《しぶ》い顔でそう言うナルキは、報告《ほうこく》を聞きたいのか、ずっとレイフォンを見ている。というよりも、図書館で課題をこなしている間、ずっとレイフォンと二人きりになるタイミングを狙《ねら》っている。

メイシェンたちには、ナルキの小隊入りの本当の理由は話していないようだ。

いや、それはレイフォンがどうこうできる問題ではないし、ナルキが話していいタイミングで二人に話してくれるだろう。

それよりも、レイフォンにとって問題なのは……

（まさか、隊長がばらしたなんてこと言えるわけないしなぁ）

昨日のニーナとディンの会話は、あの二人には意味があったのかもしれないが、ナルキたち都市警にとっては最悪の会話に違いない。ナルキの他にも都市警の生徒が潜《ひそ》んでいたらどうしようかと、あの後レイフォンはそこら中を調べまわったぐらいだ。

幸いにも他にディンを尾行《びこう》している様子の生徒はいなかった。小隊の隊長ほどになれば普通の尾行にはすぐに感づいてしまうだろうから、これは当たり前なのかもしれない。

（どうするべきか……）

なんだかもう、ここ数日ずっとこんな心配というか悩《なや》みというか他人を気にするというか、ストレスをずっと抱《かか》えているような気がして仕方がない。

昔はもっと楽だった気がする。

グレンダンにいた頃《ころ》は他人の目なんて気にしていなかった。もちろん、あの頃していたことが誰《だれ》かにばれてはいけないとは思っていたし、特にリーリンや養父《ようふ》たちにそのことがばれることは絶対にあってはならないと思っていたけれど、それ以外のことではそんなに他人のことは気にならなかった。

（なんでいまはそういうことができないんだろうな）

結局、図書館での時間を、レイフォンは胃《い》がキリキリする思いで過ごさなければいけなかった。いや、どちらかというとこの時間が終わって欲《ほ》しくなかった。来るな昼と真剣《しんけん》に願っていた。

なにしろ、昼からは小隊の訓練《くんれん》時間なのだ。その時になれば練武館《れんぶかん》へ辿《たど》り着《つ》くまでナルキと二人だけになってしまう。どうがんばってもその時には昨晩《さくばん》のことを聞かれてしまうはずだ。

だが、レイフォンがどれだけ真摯《しんし》な気持ちで願ってみようが時間の流れというのは不公平なまでに平等に流れていく。まったく気が入らないままにやはり課題を終わらせることもできずに図書館での時間が終わってしまった。

さいごのあがきだった昼食の時間も終わり、小隊の訓練の時間が近づくと、ナルキが率《そっ》先《せん》して解散《かいさん》を告《つ》げた。

ああ、終わった……

そう思った。

「で？　昨日《きのう》はどうだった？」

メイシェンとミィフィの二人と別れるとすぐに聞かれた。もう、それを聞きたくて仕方なかったと言わんばかりの様子に、レイフォンは覚悟《かくご》を決めた。

（もう、仕方ないよね）

「うん……昨日はなにもなかったよ」

ヘタレと言われようと嘘《うそ》を吐《つ》こう。

そう決めた。

「そうか……そう簡単《かんたん》には尻尾《しっぽ》を出さないよな」

（ごめん）

心の中で謝《あやま》りながら愛想《あいそ》笑《わら》いを作る。

「まぁ、時間がないとはいえ、ここで焦《あせ》ったら失敗してしまうよな。じっくり行こう」

じっくり行く。ナルキはこの事件を解決したくて仕方がないらしい。

「ナッキ、もし……あの人たちが、この都市を守りたくて違法酒《いほうしゅ》に手を出したんだとしたら、どうする？」

「この都市を守りたくて、でも、自分たちの実力不足に気付いていて……そんな時に違法酒っていう方法に辿り着いてしまったんだとしたら、どうする？」

「ん？」

その方法を、レイフォンは卑怯《ひきょう》だとは思えない。ニーナは独善《どくぜん》だと言った。この都市の全《すべ》てを守る。ニーナのその志《こころざし》はすばらしい。

だけど、現実的《げんじつてき》ではないとも思う。

ふだん暮《く》らしている分には気が付かないし、つい忘《わす》れてしまいそうになるけれど、ツェルニの現状はとても切羽詰《せっぱつま》っている。

そんな時に、きれいごとだけで推《お》し進めようとするニーナの意志はすごいし眩《まぶ》しくも思える。

けれど、それだけではどうにもならないと、レイフォンは考える。

違法酒という手段《しゅだん》を選んでしまったことを、悲しいことだとは思うけれど、悪いことだとは思えない。

武芸大会という形式的〝きれいごと〟でごまかそうとしても、都市の死が付きまとっているという現実は隠《かく》せないのと同じように、そうならないために戦う人たちにだってきれいごとでは済《す》まされない部分は絶対に出てくる。

「そんなことはもう考えたさ」

ナルキは、レイフォンを見ないでそう言った。

「ツェルニの状況《じようきよう》でそういうことを考えて行ったのなら、彼は英雄的《えいゆうてき》だ。その行為《こうい》に違法が混《ま》じっていたとしても、誰も彼を正面きって批判《ひはん》することなんてできないと思う。少なくともあたしは、そんな恥《は》ずかしい人間にはなりたくない。

だけど、犯罪《はんざい》だということも確かだ。この、学園都市ツェルニではそれは犯罪なんだ。違法酒は、禁《きん》じられてるんだ。しかも、自分の体をだめにしてしまう恐《おそ》ろしいものなんだ。

剄脈加速薬《けいみやくかそくやく》は」

わかっているか？　ナルキはこちらを見ないままにレイフォンにそう訴《うつた》えかけてくる。

「自分の体を犠牲《ぎせい》にしてまで都市を守ることに、意味はあると思う。その行為は悲劇的《ひげきてき》で美しいのかもしれない。だけど、あたしは納得《なつとく》できない。都市が大事か、人間が大事か……あたしは人間を選んだんだ。この都市がだめになっても、学園都市は他にもある。そのために、絶対に彼を捕《つか》まえて、止める。何かを犠牲《ぎせい》にしなくちゃいけない時に、メイやミィが犠牲になるなんてことになった時、あたしは後ろめたさ一つなくあの二人をたすけたい。

だからあたしは、ディンをたすける」

最後の言葉がナルキにとっての本音なのだろうと思う。メイシェンやミィフィをたすける時に自分を後ろめたく感じたくない。レイフォンにはなかった考え方だ。他人のことなんてどうだっていい。

ただ、あの頃《ころ》のみんなを守りたい。

「ナッキも、隊長に負けず、贅沢《ぜいたく》なこと考えているよ」

「そんなことはない。あたしはやっぱり警察官《けいさつかん》になりたいんだ。違法なことは許《ゆる》せない、その気持ちも強いよ。もっと本当のことを言えば、彼に同情もしてないし、考え方に賛同《さんどう》もしてない。悪いことは悪いんだ。自分が正義《せいぎ》だなんて思ってない。だけど、法律《ほうりつ》には、多少は作り手のエゴも混《ま》じっているだろうけれど、それを許していたら人間社会がうまく動かなくなるから法でダメだと言っているんだ。それを無視《むし》していいことは絶対にないんだ。法を無視したいなら、誰もいない場所で一人で生きていればいい。冷たいかな？　あたしは」

「そんなことはないよ。ナッキは正しい」

守るために必要だと、ディンは言っていた。

それは独善だと、全てを守ってみせるとニーナは言う。

ナルキの考えはそれとは違《ちが》う。都市の運命という部分では、ナルキはひどく冷淡《れいたん》に考えている。

ツェルニが滅《ほろ》びるなら、よそに移住《いじゅう》すればいい。ナルキはこうも言っていた。ナルキは人間が大事だと言う。

人間が大事か、都市が大事か。

ただ、レイフォンはツェルニを、この都市の意識である電子《でんし》精霊《せいれい》を見ている。あれが死ぬことはあまり考えたくない。

レイフォンも、自分のいままでしてきたことを考えればこちら側《がわ》の考え方だ。

都市を移動《いどう》すればいい。それは、レイフォンには難《むずか》しい。物質的《ぶっしつてき》に金銭《きんせん》が足《た》りない。武芸者としての実力を利用して、それこそサリンバン教導傭兵団《きょうどうようへいだん》のような用心棒《ようじんぼう》をして都市をめぐるという方法もあるけれど、それはレイフォンの望《のぞ》むものじゃない。いまも望んだような生き方ができているわけじゃないけれど、そう簡単《かんたん》によその学園都市、あるいは普《ふ》通《つう》の都市の教育機関《きかん》に入るには、金銭が足りないという問題が付いて回る。

情《なさ》けない話だし、周《まわ》りの人たちよりもレベルの低い場所で物事を考えているような気もするけれど、レイフォンにとっては切実《せつじつ》な問題だ。

しかし、そんなことにはならない。

自分がここにいれば、武芸大会で勝つぐらいはわけないだろう。

（ああ、そうか……）

レイフォンは妙《みょう》に納得《なっとく》した気持ちになった。

そんな一言が簡単に頭に浮かぶだけに、レイフォンにとって彼らの問題はひどく遠い場所にあるに違いない。都市の問題も、個人《こじん》の意志《いし》の問題も、極論《きょくろん》してしまえば力があればそれだけで解決《かいけつ》してしまう問題なのだ。

彼らにそれを、レイフォンに任《まか》せればいいと思わせれば、それで解決するかもしれない。

（いや……だめかな？）

ニーナのような人がいるかぎり、きっとだめだろうな。

そんなことを考えている内に練武館《れんぶかん》に着いた。

ニーナがいるだろう練武館に……

（あ……）

なんだか、とてもとても嫌《いや》な予感がした。

ていうか、これはもうきっと、確信《かくしん》に近い。

†

「すまん、ディンと接触《せっしょく》した」

ニーナは期待を裏切《うらぎ》らない。良い意味でも悪い意味でも。

練武館には昨日《きのう》と同じようにニーナが先に来ていて、フェリやシャーニッドの姿《すがた》はなかった。

隣《となり》で、ナルキが硬直《こうちょく》していた。ぽかんと開けられた唇《くちびる》がやがてわなわなと震《ふる》えだし、そして全身に伝播《でんぱ》していく。

「な、な、な、な、な……」

言葉もうまく言えないぐらいだ。

口をパクパクとさせたまま、ナルキがレイフォンを見た。さっき、レイフォンは「なにもなかった」と言ってしまっていた。

「ごめん、嘘《うそ》」

素直《すなお》に頭を下げた。

ニーナは、ナルキが立ち直るのを待ってはいなかった。

「気持ちはわかる。任務《にんむ》の邪魔《じゃま》をされれば腹《はら》が立つということはわかっている。それでも、わたしはわたしの中の筋《すじ》を通したかった」

「あ、でも待ってください。昨日、たしかあの人、自分が違法酒を使ってるって認《みと》める発言してたじゃないですか。あれ、証拠《しょうこ》になりませんか？」

「録音《ろくおん》していない。お前だってそうだろう？　それに実際《じっさい》に物を見たわけでもないんだ。証拠能力《のうりょく》としては不十分だ。ディンもそれを承知《しょうち》していたから、あれだけ口が軽かった」

「…………」

せっかくの援護《えんご》射撃《しゃげき》も、ニーナ自身がだめにした。

「……なにを考えているんですか？」

ようやく落ち着いたらしいナルキが口を開いた。

その目は怒《いか》りでつりあがっていた。

「筋を通したいと言いましたね？　その筋にどれだけの意味があるというんです。みすみす、犯罪者《はんざいしゃ》に情報《じょうほう》を投げ渡《わた》しただけではないですか？」

「そうだな」

「これは立派《りっぱ》な犯罪幇助《ほうじょ》ですよ。警察情報を犯人に流すなんて……」

「わかってる。しかし、どうしても、わたしはそれをしなければいけなかった。彼があなってしまったのには、理由がある」

「理由って……」

「シャーニッド先輩《せんぱい》ですか？」

怒りすぎて言葉の詰《つ》まっているナルキを遮《さえぎ》り、レイフォンが言った。

ニーナが頷《うなず》く。

「わたしは一年の時から小隊に入っていた。所属《しょぞく》していたのは第十四小隊。それほど強い小隊でもなかったが、当時は一隊員だったいまの隊長が気持ちのいい人だった。隊員たちとの仲はとても良好で、あらゆる作戦に柔軟《じゅうなん》に対処《たいしょ》できるだけの信頼《しんらい》関係の下地は十分だった。武芸大会には、間に合わなかったが……」

第十四小隊……以前に試合をして負けた小隊だ。

その頃《ころ》を思い出しているのか、過去《かこ》の記憶《きおく》を呼《よ》び寄《よ》せるように目を細めた。

「翌年《よくねん》の対抗試合《たいこうじあい》で第十小隊と戦った。ディン・ディー。ダルシェナ・シェ・マテルナ。そしてシャーニッド。一つ上の三年生。第十小隊は六年生が多く、ほとんどが卒業《そつぎょう》してしまったとはいえ、いきなり三年生を三人も取り込むのは大胆《だいたん》な起用《きよう》だった。誰《だれ》もが第十小隊は弱くなったと思った。

しかし、強かった。ダルシェナの嵐《あらし》のような攻撃《こうげき》、ディンの変幻自在《へんげんじざい》さ、そしてシャーニッドの精密《せいみつ》な射撃《しゃげき》。それらが重なり合ってお互《たが》いの弱点を埋《う》めながら突《つ》き進《すす》んでくる。圧倒的《あっとうてき》とさえ思ったし、正直《しょうじき》、憧《あこが》れた。彼らだけが戦闘衣《せんとうい》を改造《かいぞう》して独自《どくじ》のものを使っていて、それを上級生たちは苦々しく思っていたようだが、わたしたちからすれば新しい時代を運んだ旗手《きしゅ》のように思えて、ほんとうに眩《まぶ》しかった」

ニーナが言葉を切った。

その先の結末は知っている。

対抗試合の後半に、いきなりシャーニッドが隊を抜《ぬ》け、それによって三人の連携《れんけい》によって支《ささ》えられていた第十小隊も瓦解《がかい》してしまった。

「ディンの怒りは凄《すさ》まじかった。シャーニッドに決闘《けっとう》を申し込んだくらいにな。シャーニッドはそれを受けたが、一度も抵抗《ていこう》しないままだった。ぼろぼろにやられていたな。審判《しんぱん》が止めに入らなければ、シャーニッドは後遺症《こういしょう》が残る怪我《けが》を負《お》っていたかもしれないほどだ。そうならなくて、本当に良かったと思っている」

ニーナが一つ息《いき》を吐《つ》いた。心に残っている重荷をゆっくりと奥底《おくそこ》から引きずり出すような間合い。レイフォンもナルキもただ黙《だま》ってニーナが話し出すのを待った。

「対抗試合が終わってすぐ、わたしはシャーニッドに会いに行った。自分の隊を作ろうと思ったんだ。あのまま第十四小隊にいても、強くなれたかもしれない。だが、わたしの欲《よく》は深かった。深くなってしまった。……出会ってしまったからな」

それはツェルニのことだろう。

「わたしはシャーニッドに声をかけたんだ。小隊を作りたい、協力してくれと。最初は渋《しぶ》っていたが、あいつは最終的には協力してくれることになった。ハーレイにも声をかけ、隊を新設《しんせつ》したい旨《むね》をちょうどその頃《ころ》、選挙《せんきょ》で会長になったカリアン先輩に伝え、フェリを紹介《しょうかい》してもらった」

第十七小隊はこうして始まった。翌年の入学式でレイフォンが現《あらわ》れ、ようやく小隊としての最低限《さいていげん》の形を整えることになる第十七小隊の始まりの話。

「……わたしが、第十小隊からシャーニッドを奪《うば》ったようなものだ」

「それは、違《ちが》うんじゃぁ……」

「事実はそうだが、彼らの感情はそうはいかなかった。許《ゆる》せなかったはずだ。どんな事情《じじょう》かは知らないが、シャーニッドがあのまま、ただの武芸科の生徒でいるだけならこうはならなかったはずだ」

たしかに、恨《うら》んでいる相手が視界《しかい》に入るのは鬱陶《うっとう》しいものだろう。自分たちから離れておきながら小隊として戦おうとする姿《すがた》は無視しようとしてもできない。

無視できない。

それでも、第十七小隊がお話にならないくらいに弱ければ無視できたはずだ。もうすぐやってくる第十小隊との対抗試合。その時には複雑《ふくざつ》なものがよぎるかもしれないが、それさえ過ぎてしまえばまた無視できたかもしれない。

できなくなったのだ。

（そうか、僕《ぼく》がいるから）

第十七小隊は、ニーナの予測《よそく》をも裏切《うらぎ》るほどに強くなった。誰からも注目されるようになってしまった。

レイフォンがいるからだ。

ニーナにしてもシャーニッドにしてもフェリにしても、能力《のうりょく》は高い。だが、これだけだと前衛《ぜんえい》を担《にな》う人材がいない。ツェルニの在校生《ざいこうせい》にはニーナを満足させる武芸科の生徒はいないといってもおかしくない状況で、人数を揃《そろ》えることすら危《あや》うい状況《じょうきょう》だった。その場しのぎで武芸科の生徒を入れて四人に攻撃《こうげき》を担当《たんとう》させたとしても、それなりのものにしかならなかったはずだ。

しかし、ここにレイフォンが入ったことで変わった。

グレンダンの天剣授受者《てんけんじゅじゅしゃ》。ただ一人で汚染獣《おせんじゅう》と戦うことができる武芸者。本来の学生では体現できないレベルの強さを実現しているレイフォンが入ったことで、第十七小隊は劇《げき》的《てき》に変化した。

ニーナは本来の自分の役割《やくわり》、防御《ぼうぎょ》と作戦指《し》揮に集中できるようになり、シャーニッドも状況に合わせて自分の役割を変えられるような自由さを手に入れた。やる気のなかったフェリにしても、少しはまじめにやってくれるようになった。

レイフォンが現れたことで、第十七小隊は強くなった。

それは、そのことを画策《かくさく》したカリアンにとっても、都市を守ろうとするニーナにとっても幸いなことだ。

だけど、ディン・ディーにとっては違う。

その事実は許せない。自分たちの連携《れんけい》を裏切《うらぎ》って行った先の第十七小隊が強いという事実が許せない。

それは、信頼《しんらい》を裏切られた怒《いか》りだ。

ディンにとって、それはとても許せないはずなのだ。

†

結局、ナルキはすぐに練武館《れんぶかん》から去《さ》り、都市警《としけい》へと向かった。フォーメッドに報告《ほうこく》と指示《しじ》をもらうためだろう。

ナルキの小隊入りはこれできっと、立ち消えてしまったに違いない。彼女にとってはその方が良かったに違《ちが》いないが、心中は複雑《ふくざつ》だろうなと思った。

ニーナはそれについてどう思っているのか？

「それならそれで、仕方がないのかもしれない」

そう答えるニーナには覇気《はき》がない。

訓練《くんれん》時間がやってきても、ニーナのその様子は変わらなかった。心ここにあらずといった感じで、床《ゆか》にばら撒《ま》いたボールの上に立っては転《ころ》んでいた。

「おいおい、えらく景気よくあっち側《がわ》に飛んでるな」

やってきたシャーニッドが転ぶニーナを見て呆《あき》れた。

「う、うるさい」

顔を真っ赤にして怒鳴《どな》るニーナに、シャーニッドは肩《かた》をすくめる。

「そういや、さっきフェリちゃんに会ってな、今日は来られないってよ」

言いながら、シャーニッドはひょいひょいとボールの上を移動《いどう》しながら起《お》き上がろうとしているニーナの前に立つ。

「……なんだ？」

「ん〜……まぁ、無理《むり》すんなって言いたくてな」

その言葉で、聞いているレイフォンの方がドキリとした。

「……なんのことだ？」

「ディンのことだよ。レイフォンのクラスメートを小隊に入れようなんて、とうとう都市警もあいつらの尻尾《しっぽ》を掴《つか》みかけてるってことなんじゃねぇの？」

「……知っていたのか？」

ニーナが驚《おどろ》きの声を上げる、シャーニッドは笑《え》みをほんのわずか苦いものに変えた。

「あいつらの実力を一番知ってんのはおれだぜ？　一度見りゃぁわかるさ。剄《けい》の量なんて、一度にそんな馬鹿《ばか》みたいに増《ふ》えるもんでもないだろ？」

確認《かくにん》するようにこちらを見てきたシャーニッドに、レイフォンはぎこちなく頷《うなず》いた。

「それで、あいつらとっ捕《つか》まえるのか？」

まるで、明日の天気でも聞くみたいな平気な顔でシャーニッドが言う。

「お前は、それでいいのか？」

「いいもなにも、あいつらがそういう結末を望んでるんじゃねぇのか？　ここがなくなるのは確《たし》かに辛《つら》いよな、愛着もあるしよ。だけど、そのためにあいつらが体ぶっ壊《こわ》していいってのはちょっと話が違うと思うぜ」

ナルキと同じ考えだ。

「ぶっ壊れるよりは、まともな結末じゃないか？」

「そうかもしれないが、しかし……」

「問題なのは……」

ニーナのためらいにシャーニッドは聞く耳を持たない。普《ふ》段《だん》よりも強い態度《たいど》で切り捨《す》てて、自分の意見を言った。

「この時期に武芸科が不祥事《ふしょうじ》を出すってことだ。前回の大会のせいで、上級生連中の武芸科に対する目は冷たい。まぁな、卒業《そつぎょう》できなくてもよそに行けばいいと思ってる下級生とは違って、卒業の近い連中にとっては、ここで得《え》られるはずだった資格《しかく》だとか学歴《がくれき》だとかがパーになっちまうのはたまらんよな。そういう連中の糾弾《きゅうだん》を受けちまうと、ヴァンゼの旦那《だんな》が武芸長をクビってことになっちまうかもしれん。いま、頭がすげ変わるのは時期的にまじぃだろ？　そこだけはなんとかしなくちゃいけないんだが……おれにはいい案が思い浮《う》かばねえ」

すらすらと政治《せいじ》的なことを言うシャーニッドに、レイフォンは目を丸くした。

「なんだよ？　たまにはおれだって頭を使うぜ」

そう言ってみせるが、自分でもらしくないことを言っている自覚はあるのだろう、唇《くちびる》の端《はし》が自嘲《じちょう》するようにつりあがった。

「どうよ？　隊長」

「それは、わたしにだって判断《はんだん》できない」

まだ整理できていない様子のニーナが首を振る。

「だろうな。こういうことになると、相談にいく相手は一人しかいねぇ。カリアンの旦那だ」

その答えには、レイフォンも辿《たど》り着けた。

だけど、カリアンにまで話が行くなら、もうディンたちの運命は後に引けないところにまで行くのではないだろうか？

「……本当にいいんだな？」

ニーナもそう思ったらしい。仮《かり》にもトップが関《かか》わることになる。そうなると、情《じょう》が立ち入れない結末になるかもしれない。なにより、カリアンは都市を守るために生徒会長になったような人物だ。

人間か都市かならば、都市を選ぶに決まっている。

「仕方ねぇだろ。あいつらはそういう場所に立っちまったんだから」

シャーニッドは、ただそう言うだけだった。

訓練を続ける雰囲気《ふんいき》でもなく、レイフォンたちはニーナを先頭に生徒会へと赴《おもむ》いた。

案内してくれた女性が通してくれたのは、いつもの生徒会長室ではなく、使われていない会議室《かいぎしつ》だった。

やや間が空《あ》いて、カリアンが現《あらわ》れた。

「やぁ、待たせてすまない。それで、話というのは？」

「実は……」

ニーナが事情を話すのをカリアンは黙《だま》って聞いていた。違法酒《いほうしゅ》という不祥事なのに、カリアンの表情はかすかにしか動かない。

「それで、わたしにどうして欲《ほ》しいのかな？」

その作り笑いの奥《おく》でどんな思考を繰《く》り広げているのか判然《はんぜん》としないまま、こちら側の考えを聞いてくる。

それには、シャーニッドが答える。

「この時期に問題を起こしたくないのは会長も同じはずだ。できれば内密《ないみつ》の処理《しょり》を願いたい」

「内密に、ね。警察長《けいさつちょう》からまだ話は来ていないが、まぁ、事実関係はあちらに確かめればいいことだろう。……事実だとして、確《たし》かにこの時期にそういう問題はいただけない。かといって厳重注意程度《げんじゅうちゅういていど》では済《す》まない話でもある。上級生たちからの突《つ》き上げや、ヴァンゼの罷免《ひめん》なんてのもそうだ。かといって彼らを見過ごし、このまま放置したとして、一番に問題になるのは武芸大会で使用してしまった場合、だ。その事実を学連にでも押《お》さえられれば、来期からの援助金《えんじょきん》の問題にもなる。最悪、打ち切られでもしたら……援助金の方はどうでもなるとして、学園都市の主要収入源《しゆようしゆうにゆうげん》である研究データの販売網《はんばいもう》を失うことにも繋《つな》がるからね」

すらすらと今後の展開《てんかい》……最悪のパターンを予想していくカリアンの表情は次第《しだい》に厳《きび》しいものに変わっていった。

「では、どうするか？　という話だね？」

確認するようにニーナを見る。

「そうです」

ニーナが頷《うなず》くのを見て、カリアンはにっこりと微笑《ほほえ》んだ。

「なら、話は簡単《かんたん》だ。警察長にはわたしから話を通して、捜査《そうさ》を打ち切らせる」

「しかし、それだけでは……」

「もちろん、それだけではないさ。君たちにも働いてもらう。むしろ、君たちの働きがもっとも重要になる」

「……なにをしろと？」

「もうじき、対抗試合《たいこうじあい》だろう？　君たちと第十小隊との。そこで君たちに勝ってもらう」

「試合で全力を尽《つ》くすのは当たり前です」

「君はそうだね。だが、そうではない生徒が一人いるだろう？」

その瞬間《しゅんかん》、三人の視線《しせん》がレイフォンに集まった。

「……殺《ころ》せ、とでもいうんですか？」

言った瞬間、ニーナの表情が強張《こわば》った。レイフォンがグレンダンを去るきっかけとなった事件《じけん》のことを思い出したのだろう。レイフォンもそれを思った。

だが、腹《はら》が立つということはなかったし、同時に慌《あわ》てるということもなかった。

なぜか、とても冷静にその可能性《かのうせい》を考慮《こうりょ》している自分がいることに驚《おどろ》いたぐらいだ。

「会長、それは……」

「いやいや、そんなことをしたら今度は君の方が問題になる。試合中の事故《じこ》による死亡《しぼう》というのは、ツェルニの歴史の中でも前例があるし、その後の一般《いっぱん》生徒の動揺《どうよう》は問題ではあるけれど、一人ぐらいなら不問に付すのは簡単だよ。だが、隊員全員というのはどうやったって事故で片付けられるものじゃない」

カリアンは手を振《ふ》って否定《ひてい》した。

「では……」

「要《よう》は、彼らが小隊を維持《いじ》できないほどの怪我《けが》を負《お》ってくれればいい。足の一本、手の一本……全員でなくてもいい。第十小隊の戦力の要《かなめ》である人物が今年いっぱい、少なくとも半年は本調子になれないだけの怪我を負えば、第十小隊は小隊としての維持が不可能になる。そうすれば会長権限《けんげん》で小隊の解散《かいさん》を命《めい》じることも可能だ」

「それはつまり、ディンとダルシェナを壊《こわ》せってことか？」

言ったのはシャーニッドだ。

ツェルニの医療技術《いりょうぎじゅつ》をもってすれば、ただの骨折《こっせつ》を治癒《ちゆ》するのには一週間もあればいい。その程度《ていど》では、第十小隊が潰《つぶ》れることはないだろう。

なら、治癒に時間がかかる神経系《しんけいけい》の破壊《はかい》を行うしかない。

だが、それは難《むずか》しい。武芸者の神経と、剄脈《けいみゃく》から流れる剄を通す……いわゆる剄路と呼ばれるものは近い位置にある。神経は剄路から流れる剄によって自然に守られる形にあり、簡単なことでは神経系の問題は起きない。

「頭とかを撃《う》って半身不随《はんしんふずい》にするか？　それだってあからさまだ」

シャーニッドが怒《いか》りに任《まか》せて吐《は》き捨《す》てる。

頭や首への打撃《だげき》となれば、一般人《いっぱんじん》では大事故だ。肉体的な強度が一般人よりも上の武芸者でも、それは変わらない。人体の構造上《こうぞうじょう》、左右からの強烈《きょうれつ》な衝撃《しょうげき》は一歩誤《あやま》ればそれだけで即死《そくし》ともなる。そうでなくとも、脳《のう》の重要な部分が破壊されてしまうようなこととなれば、重度の後遺症《こういしょう》を残すことになる。

ツェルニの医学でも治療は不可能だ。

「だが、それをやってもらわなければ困る。そうでないのなら、冤罪《えんざい》でも押し付けて彼らを都市外に追い出すしかないわけだが……退学《たいがく》、都市外退去に値《あたい》するような罪《つみ》なら十分に不祥事《ふしょうじ》だよ。それに、ディンという人物は、そんな状況《じょうきょう》になってまで生徒会の決定に従《したが》うと思うかい？」

「無理だね。こうと決めたら目的のために手段《しゅだん》を選《えら》ばないのがディンだ。地下に潜伏《せんぷく》して有志《ゆうし》を募《つの》って革命《かくめい》……ぐらいのことはやりそうだ」

「そうだろうね。実際のところ、わたしの次に会長になるのは彼《かれ》かもしれないと思っていた。頭も切れる、行動力もある。そして思い切りもいい。良い指導者《しどうしゃ》になれるかもしれない。使命感が強すぎるところが問題かもしれないとは思っていたけど。副隊長《ふくたいちょう》のダルシェナには華《はな》があり、人望《じんぼう》もある。彼女のサポートがあれば……あるいは彼女を会長に押し立て、実権《じつけん》を彼が握《にぎ》るという方向が最善《さいぜん》かもしれないと考えていた。残念でならないよ」

「ああ……あいつらなら似合《にあ》いそうだな」

シャーニッドがそう漏《も》らす。

「その中に君がいれば、もっと良かったのだけれどね」

「おれには生徒会とかは無理だね」

「そうかな？　彼らにできないことが、君にはできる。それは、彼らにとってとても大切なことだと思うけど？」

「そんなのはないね」

言い捨《す》てると、そのことで話すことはないとシャーニッドが顔を背《そむ》けた。

「まぁ、そのことをいま言ったところでどうにもならないわけだけれど。話を戻《もど》そうか。問題なのはレイフォン君、君にそれができるかどうか……という問題だけれど、できるのかい？」

「…………」

「神経系に半年は治療しなければならないほどのダメージを与《あた》えることができるかい？」

「……レイフォン」

カリアンが質問《しつもん》し、ニーナも問《と》いかけてくる。

レイフォンは答《こた》えられない。

できると言うべきなのか、できないと言うべきなのか……

どちらとも答えることができる。

「レイフォン、できないのならできないと言え」

ニーナのその言葉は、そう言えと願っているかのようだ。自分たちで決めてここに来たとはいえ、実際《じっさい》にカリアンの冷静な判断《はんだん》を目の前にして迷《まよ》っているのがはっきりとわかる。

そうなって欲《ほ》しくないという気持ちがはっきりと伝わってくる。

なら、そう言うべきなのだろう。

「できるさ〜」

答えたのは、その場にいた誰《だれ》でもなかった。

ドアの向こう、聞き覚えのある声にレイフォンは立ち上がって錬金鋼《ダイト》に手をかけた。

「立ち聞きとは趣味《しゅみ》がよくない」

レイフォンを抑《おさ》え、カリアンがそう呟《つぶや》く。

「ん〜それは悪かったさ〜。だけど、気になっちまったもんは仕方がない。おれっちも、そこの人に話があったしさ〜」

ドアが開き、声の人物が会議室に入ってくる。

「ハイア……」

声の主は、やはりハイアだった。

しかし、驚きはそれだけでは済《す》まない。

「フェリ……先輩《せんぱい》？」

ハイアの背後《はいご》に見覚えのない少女が控《ひか》えている。

その隣《となり》に、気まずげに視線《しせん》を逸《そ》らすフェリの姿《すがた》があった。

「貴様《きさま》……何者だ？」

一見してグレンダンの生徒とは見えないハイアにニーナが警戒《けいかい》の色を見せた。

「おれっちはハイア・サリンバン・ライア。サリンバン教導傭兵団《きょうどうようへいだん》の団長……って言えばわかってくれると思うけど、どうさ〜？」

「なんだって？」

サリンバン教導傭兵団の名を、ニーナは知っているようだ。

戸惑《とまど》う様子でレイフォンを見るということは、グレンダン関係者だということもわかっている。

「どうして、できると思うのかな？」

仕方がないと、カリアンが諦《あきら》めのため息を零《こぼ》してハイアに答えを促《うなが》した。

「サイハーデンの対人技《たいじんわざ》にはそういうのもあるって話さ〜。徹し剄《とうけい》って知ってるかい？衝剄《しょうけい》のけっこう難易度《なんいど》の高い技だけど、どの武門《ぶもん》にだって名前を変えて伝わっているようなポピュラーな技さ〜」

「それは……知っている」

突然現れたハイアに驚きを隠《かく》せない様子のニーナが頷《うなず》く。

「だが、あれは内臓全般《ないぞうぜんぱん》へダメージを与《あた》える技だ。あれでは……」

「そっ、頭部にでもぶちこめばそれだけで面白《おもしろ》いことになるような技さ〜」

「それでは死んでしまう」

カリアンが顔をしかめた。

「まぁね、それに徹し到ってのはそれだけ広範囲《こうはんい》に伝わってる分、防御策《ぼうぎょさく》も充実《じゅうじつ》しちまってるさ〜。まぁ、ヴォルフシュテインが徹し到を使って、防《ふせ》げる奴《やつ》がここにいるとは思えないけどさ〜」

「なにが言いたいんだね？」

カリアンが先を促す。

「おれっちとヴォルフシュテイン……まぁ元さ〜、はサイハーデンの技を覚《おぼ》えている。おれっちが使える技を、ヴォルフシュテインが使えないなんてわけがない。なにしろ天剣授《てんけんじゅ》受者《じゅしゃ》だ。天剣授受者こそいままで生まれなかったけど、だからこそ戦うことに創意《そうい》工夫《くふう》してきたサイハーデンの技は人に汚染獣《おせんじゅう》に、普通《ふつう》の武芸者が戦って勝利し、生き残るにはどうすればいいかを、真剣《しんけん》に考えてきた武門さ〜。だからこそ、サイハーデンの技を使う連中がうちの奴らには多い」

ハイアがレイフォンを見る。その視線《しせん》を真《ま》っ向《こう》から受け止めようとして……できなかった。

腰《こし》の剣帯《けんたい》にある簡易型複合錬金鋼《シム・アダマンダイト》が重みを増したような気がした。

「あんたは、おれっちの師匠《ししょう》の兄弟弟子《きょうだいでし》、グレンダンに残ってサイハーデンの名を継《つ》いだ人物から全《すべ》ての技を伝えられているはずだ。使えないなんてわけがない。使えるだろう？封心突《ほうしんとつ》さ〜」

「封心突とは、どのような技なのかな？」

当事者のレイフォン以外を代表してカリアンが聞いた。

「簡単《かんたん》に言えば、剄路《けいろ》に針状《はりじょう》にまで凝縮《ぎょうしゅく》した衝剄《しょうけい》を打ち込む技さ〜。そうすることで剄路を氾濫《はんらん》させ、周囲《しゅうい》の肉体、神経《しんけい》に影響《えいきょう》を与《あた》える。武芸者専門《せんもん》の医師《いし》が鍼《はり》を使うさ〜。あれを医術《いじゅつ》ではなく武術として使うのが封心突さ〜」

（余計《よけい》なことを）

それがレイフォンの素直《すなお》な感想だった。

もう、できないとは言えない。そんなことを言えば、デルクがサイハーデンの技をレイフォンに伝えなかったことになる。

それは武門の名を継いだ者に対する侮辱《ぶじょく》だ。全ての技を余《あま》すことなく後世に伝えることが武門の名を継ぐ者の使命だ。デルクがそれを怠《おこた》ったなんて、たとえグレンダンから遠く離《はな》れたツェルニででも思われたくない。

「だけど……」

ハイアがさらになにかを言おうとする。なにを言うかはすぐに察《さっ》しが付いた。

（やめろ）

心の中ではそう言うが、それが言葉になることはなかった。

「だけど、剣なんか使ってるあんたに、封心突がうまく使えるかは心配さ〜。サイハーデンの技は刀《かたな》の技だ。剣なんか使ってるあんたが十分に使える技じゃない。せいぜい、この間の疾《しっ》勁《けい》みたいな足技《あしわざ》がせいぜいさ〜」

「それなら、刀を握《にぎ》ってもらえば解決《かいけつ》……なのかな？」

カリアンが問う。

レイフォンは答えない。ただ、内面からふつふつと滾《たぎ》るようにして湧《わ》いてくる怒りを抑《おさ》えることで精一杯《せいいっぱい》だった。

（誰《だれ》も彼《かれ》も……）

誰も彼もがずかずかと土足で人の内面に入り込んでくる。

キリクもそうだ。ハイアもそうだ。

外面だけを見てわかった気になって言葉を押し付けてくる。

それが……どうにも……

「すまないが……」

　ニーナがゆっくりと手を上げた。

「こちらから申し出たのにすまないが、時間が欲《ほ》しい」

「……いいのかね？」

「かまわない。そうだな？　シャーニッド」

「……だな」

「君たちがそう言うのなら、待とう。だが、試合前までには返事が欲しいね。都市警《としけい》にはとりあえず逮捕《たいほ》はとどまるように言っておくが、長くとどめておけるものでもないぞ」

「わかりました」

　ニーナたちが立ち上がり、レイフォンも遅《おく》れて立ち上がった。

　ふいにナルキの怒った顔が脳裏《のうり》をよぎったが、そのことを心配するにはレイフォンの頭の中はいっぱいになりすぎていた。

「あ、レイフォン君、ちょっと待ってくれないかな」

　ニーナの後に付いて部屋を出ようとしたレイフォンをカリアンが止めた。

「なんですか？」

「君には少し話がある。悪いが待ってもらえるかな」

「なんでしょうか？」

「悪いけれど、これは重要な話だ。用のあるもの以外に軽々しく話していいものではない」

「かまいません。隊長は行ってください」

あからさまに警戒《けいかい》の色を見せるニーナに、カリアンはそう返した。

「…………む」

ニーナが何度も振《ふ》り返《かえ》りながら会議室を出て行く。レイフォンはドアが閉《し》まる直前まで、こちらを見つめるニーナの視線《しせん》を感じていた。

「……で、これはどういう状態《じょうたい》なんですか？」

ドアに背を向けると、レイフォンは部屋の中に残った人物たちを眺《なが》めた。

カリアンにフェリ……これは別にいい。

だが、その隣《となり》にハイアと見知らぬ少女が立っている。

「あ、あの……はじめまして、ミュンファ・ルファと言います」

ミュンファがおずおずと挨拶《あいさつ》をしてくる。

「傭兵団《ようへいだん》の人ですか？」

「あ、はい。そうです……」

自己紹介《じこしょうかい》が終わるなりハイアのそばに逃《に》げるように移動《いどう》する彼女に、メイシェンと似《に》た雰囲気《ふんいき》を感じたが、レイフォンはその感想を黙殺《もくさつ》した。

「会長、ハイアは違法酒《いほうしゅ》の密輸《みつゆ》に加担《かたん》していた疑《うたが》いがあります」

「それはなかったことにするんだろう？　ヴォルフシュテインさ〜。てか、あっさりと呼《よ》び捨《す》てかい？」

カリアンの横で、ハイアがニヤニヤと笑っている。

「僕《ぼく》はもう、天剣授受者《てんけんじゆじゅしゃ》じゃない」

きっと睨《にら》み返し、そう言い返した。

「知ってるさ〜。だからたま〜に、〝元〟って付けてたさ〜。あんたはただの一般人《いっぱんじん》、しかも学生さ〜。なら、少しは年上に対する礼儀《れいぎ》ってのを身につけたらどうさ〜レイフォン君？」

頭の中で火花が散《ち》った。

それが、目の前で現実のものとなったのは刹那《せつな》の後だ。

レイフォンの抜《ぬ》き放《はな》った青石錬金鋼《サファイアダイト》が即座《そくぎ》に復元《ふくげん》し、ハイアもまた抜き放った鋼鉄錬金鋼《アイアンダイト》を復元して迎《むか》え撃《う》っていた。

「……今度は手加減《てかげん》しない」

「上等さ〜。刀も使えない腑抜《ふぬ》けなサイハーデンの技《わざ》がおれっちに通用するか、試《ため》してみたらいいさ〜」

「やめたまえ！」

剣と刀をぶつけ合ったままにらみ合う二人を、カリアンが悲鳴を上げるように止めた。

「ハイア君、あまりうちの学生への無礼が過ぎるようなら、あの話はなかったことにさせてもらうが？」

「それは困るさ〜」

「レイフォン君も剣を引きたまえ。挑発《ちょうはつ》されたとはいえ、君のいまの態度《たいど》はあまりに軽率《けいそつ》だ」

「…………」

レイフォンは無言で、ハイアが刀を引くのに合わせて後退《こうたい》した。

「ハイア君の言った通り、違法酒の件《けん》について傭兵団は関《かか》わっていなかった。それが公式《こうしき》発表だ。同時にハイア君、違法酒に関する情報は全《すべ》て提示《ていじ》してもらう。いいね？」

「仕方ないさ〜。まっ、ここに密輸《みつゆ》されてくることは、しばらくないとは思うさ〜」

「なぜだね？」

「おれっちたちがぶっ潰《つぶ》したからさ〜。契約破棄《けいやくはき》の上に、密売組織《みつばいそしき》の用心棒《ようじんぼう》をやらせようなんて、あまりにおれっちたちを馬鹿《ばか》にしすぎさ～」

ハイアが独特《どくとく》の間延《まの》びした喋《しゃべ》り方で簡単《かんたん》に言う。どこか暢気《のんき》さの漂《ただよ》う言葉とは正反対の殺伐《さつばつ》とした答えは、カリアンに息《いき》を呑《の》ませた。

「それで、僕《ぼく》に用とはなんですか？」

ハイアの言葉に驚くこともなく、レイフォンはカリアンに訊《たず》ねた。早くこの場から立ち去りたい。ただそれだけしか頭にはなかった。

「それはおれっちの用さ～」

「……そんなことはわかってる」

ハイアがこの場にいるということは、カリアンとなんらかの契約《けいやく》を取り交《か》わしたということぐらい、レイフォンにだって察《さっ》しがつく。さらにフェリがここにいる。兄を嫌《きら》っていると言いながらもカリアンに協力してしまうフェリもまた、ハイアの目的に利用されているに違いない。

そう考えると、また新しい怒《いか》りがこみ上げてくる。

「用ってのは、話を聞くためさ～。どうやら、目撃《もくげき》したのはあんただけみたいだったからさ～。どうしてもあんたから話を聞くしかなかったのさ～」

「目撃？」

言葉の意味がわからず、レイフォンは警戒してハイアを睨《にら》んだ。

「なんの話だ？」

「見たろう？　隣《となり》にあるぶっ壊《こわ》れた都市で、常識《じょうしき》じゃあ考えられないような奇妙《きみょう》な生き物をさ〜？」

その瞬間《しゅんかん》、レイフォンの記憶《きおく》から湧《わ》き出してきたのは、あの黄金《おうごん》の牡山羊《おやぎ》だった。

「あれは、ここにあったら危険なものさ〜。だから、うちが回収《かいしゅう》するのさ〜。それを報酬《ほうしゅう》として、おれっちたちは汚染獣《おせんじゅう》からツェルニを守る。立派《りっぱ》な商談《しょうだん》さ〜」

†

閉店間近《へいてんまぢか》に店にやってきたナルキは、ひどく不機嫌《ふきげん》だった。

その日はミィフィも店にやってきていて、ナルキのその様子《ようす》に目を丸くした。

「どうしたの？」

お茶一杯《ちゃいっぱい》で閉店までの時間を潰《つぶ》すつもりのミィフィとナルキに、メイシェンがあまりものケーキを出してくれた。店長からの好意だ。二人は厨房《ちゅうぼう》の奥《おく》で掃除《そうじ》をしている店長にお礼を言って、ケーキを口にした。

「たいしたことじゃない」

「ぜんぜん、たいしたことじゃなくないっぽいけど？」

むっつりとそう言うナルキにミィフィは呆《あき》れて肩《かた》をすくめた。

「課長《かちょう》と喧嘩《けんか》でもしたのかい？」

メイシェンは気になる様子《ようす》を見せてはいたが、店の片付《かたづ》けがあるのでこの場にずっといられない。後《うし》ろ髪《がみ》を引かれる様子のメイシェンを楽しそうに見ながら、ミィフィは続けた。

「それとも、レイとんと喧嘩とか？　だめだよ～メイのとっちゃ」

「そう……いうのじゃ、ない」

大声を張《は》り上げそうになったナルキが声を落として言う。

「じゃ、なにさ？」

「仕事のことだ。ミィには関係ない」

「おや、冷たいんだ」

「冷たいとか、そういう話じゃないだろう？」

「じゃ、さ。そういう内緒《ないしょ》にしないといけないイライラをわたしらにぶつけるのはいいわけ？」

「む、うぅ……」

「ま、冗談《じょうだん》なんだけど」

「おまえなぁ……」

ナルキが疲《つか》れた顔で睨《にら》んでくる。その様子が面白《おもしろ》くて、ミイフィはきゃらきゃらと笑った。

「まぁ、それは冗談なんだけどさ。なんか、入学した頃《ころ》のレイとんみたいな顔してるよん、いまのナッキ」

「そ、そんなことは……」

「やれることがあればやってあげたいと思うわけさ～ね～、幼馴染《おさななじみ》としては」

ミィフィ、メイシェン、そしてナルキの三人は交通都市ヨルテムで育った幼馴染だ。だから、ナルキの性格《せいかく》はだいたい把握《はあく》している。こういう言い方をしたら、断《ことわ》りづらい気分になることももちろん承知《しょうち》している。

「そうか……ありがとう」

「で？　なに？」

思わずわくわくとした気分が頰《ほお》に出てしまった。ナルキが疑《うたが》わしげな目をしたが、ため息《いき》一つで流してくれて、口を開いた。

「実はな……」

なんの事件かは明かしてくれなかった。だが、ナルキが小隊入りしたのには、その事件を解決《かいけつ》するためのものであったらしい。

そんなことを明かす時点ですでに問題のような気もするが、ミィフィも心得《こころえ》ている。他人に喋《しゃべ》っていい情報かどうかの判断はできる。なにより、記事にでもしたらナルキの責任《せきにん》になってしまうのだ。親友を売るなんて真似《まね》はできない。

「だが、さっきだ。捜査《そうさ》の一時停止《ていし》が命じられた」

「なんで？」

「そんなことあたしが知るか。だが、上からの命令だ。警察長《けいさつちょう》に直接《ちょくせつ》言われてはなにもできない」

「へ〜てことは、政治《せいじ》のお話なわけだね」

「そういうことだ。忌々《いまいま》しい」

「ふうん……」

ケーキを頬張《ほおば》りながら、ミィフィは少し考えてみた。小隊入りして捜査するということは、やっぱり小隊が事件に何らかの関《かか》わりを持っているということなんだろう。

「なら、捜査を止《や》めるように言ってきたのは、武芸長か、会長さんだねぇ」

「どうしてだ？」

「警察長の任命権《にんめいけん》は武芸長にあるもの。もちろん罷免《ひめん》権もね。あと、それ以外で警察長になにか言えるとしたら、会長さんぐらいじゃない。政治のお話ってとこだけでも、関わるのはやっぱりこの二人だよ」

「むう……」

「この二人が、事件が公《おおやけ》にされるのは大変まずいって思ったってことだよね。わたしは会長さんも武芸長も直接知らないし、どんな人柄《ひとがら》かなんて全然わかんないけど、ナッキの目から見て、この事件ってそんな感じがするわけ？」

「むっ、う……それは……」

「ああ、言えないなら言わなくてもいいよ」

ナルキを手で制《せい》して、ミィフィは結論《けつろん》を告《つ》げた。

「ここまで来ると、ナッキだとすることがないのよね。政治のお話に平の刑事《けいじ》ができることなんてないもの」

「だから、腹《はら》が立っている」

苦々しい顔でナルキが言う。

「で、ナッキはどうするわけ？」

「……なにをだ？」

「決まってるじゃん。小隊」

「その話はなしになった。当たり前じゃないか」

捜査を手伝うという条件でナルキは小隊入りしたのだ。それを邪魔《じゃま》された上に、捜査そのものが打ち切られてしまっては、ナルキがあそこにいる意味なんてない。

だが、ミィフィの考えはそうではないらしい。

「ふうん……いいわけ？　それで？」

「なにがだ？」

「関われないにしても、見届《みとど》けることはできるんじゃないの？　会長さんたちにしたって、見過《みす》ごせない事件ならそのまま放置《ほうち》ってわけないんだから、あの人たちがその事件をどういう風に処理《しょり》したのか確《たし》かめるのだって、充分有意義《ゆういぎ》だと思うけどね。わたしたちと同じ場所で見届けるのか、それとも、もっと近い場所で見届けるのか……この二つは似《に》てるようでけっこう違《ちが》うと思うよん」

「そうか……そういう考え方か……」

ナルキはしばらく俯《うつむ》いて考え込んでいたかと思うと、急に立ち上がった。

「すまない、寄《よ》るところができた。先に帰ってくれ」

そう言うと、急ぎ足で店を出て行った。

「ミイ……」

　モップ片手にメイシェンが近づいてくる。きっと話を聞いていたのだろう。

「ナッキを励《はげ》ましてあげたの？」

「ん？　ん〜そういうことになるのかな？　ちょっち違うような気もするんだけどね〜」

「え？」

「だって、レイとんところが人手不足で困《こま》ってるじゃん。ナッキにはやる気出してもらわないと」

「ミィ……」

　呆《あき》れ顔のメイシェンに、ミィフィはにっと笑みを作った。

「困ってるレイとんを助けてあげたんだから、メイ、ケーキもう一つちょうだい♪」

「調子に乗らない」

　真っ赤な顔をしたメイシェンにモップの柄《え》で叩《たた》かれた。

　けっこう、痛《いた》かった。

05　あの日の誓《ちか》いを

試合の日がやってきた。

鉱山《こうざん》からのセルニウムの補給《ほきゅう》も終わり、今は撤収作業《てっしゅうさぎょう》が進められている。二、三日後にはそれも終了《しゅうりょう》し、ツェルニの移動《いどう》が再開《さいかい》するだろうというのが生徒会からの発表だ。

野戦《やせん》グラウンドに集まる観客《かんきゃく》たちの熱気は見えない圧力《あつりょく》となって控《ひか》え室にも届《とど》いてくる。

仏頂面《ぶっちょうづら》のナルキがここにいることが、レイフォンにはひどく不思議《ふしぎ》な光景《こうけい》のように思えた。

「大丈夫《だいじょうぶ》？」

「あまり、大丈夫じゃないな」

声をかけると、ナルキは力なくそう呟《つぶや》いた。

「けっこう緊張《きんちょう》している。こういうのは大丈夫だと思ってたんだが……」

重いため息《いき》を吐《つ》いて顔に手を当てるナルキの表情は暗《くら》い。

なんとなく、その気持ちはわかる。意に染《そ》まない状況《じょうきょう》だということだろう。

見届《みとど》けると言って自分から小隊《しょうたい》に戻《もど》ってきたのはナルキなのだが、それでもやはり納得《なっとく》しきれていない部分があるのだろう。

レイフォンも気が重い。

今日、レイフォンはディンとダルシェナを切らなければならない。

殺す必要はない。それはわかっている。せいぜい、半年ほど武芸者としての働きができない程度《ていど》にすればいい。

だが、それをするにはどうしても刀を握《にぎ》らなければならない。

サイハーデンの刀技《とうぎ》を使わなければならない。

剣《けん》でできないことはない。レイフォンほどに卓抜《たくばつ》した技量《ぎりょう》を持っていれば、剣を握《にぎ》ったままで応用《おうよう》することは可能《かのう》だろう。

だが、それではやはり、刀を握っている時ほどの域《いき》には達《たっ》しない。その域に達せなければ、もしかしたら損《そこ》なうかもしれない。その不安がレイフォンの腹《はら》の奥《おく》をぐっと重くさせていた。

刀を握り、刀で育ち、刀技を自《みずか》らの武芸の本質《ほんしつ》としているレイフォンにとって、剣を握って戦っているという今の状況は、自分の本道からは外《はず》れている。

(外れているのは、別にいまさらなんだけど……)

天剣授受者《てんけんじゅじゅしゃ》であった時もそうだ。下された天剣の錬金鋼《ダイト》もまた剣の形にして戦ってきた。

それなのに……

（いまさら、刀を握る）

それがとても無様《ぶざま》なようにレイフォンには思えてならない。

無様なだけではない……

「レイフォン……」

ニーナが声をかけてきた。その表情にはいままでの試合のような覇気《はき》がない。ニーナにとっても、今日の試合はとてもいつもの気分で戦えるものではないようだ。

「大丈夫か？」

ついさっきナルキに言ったことが自分に向けられる。

その状況に、レイフォンは苦笑《くしょう》を返すぐらいしかできることがなかった。

係の生徒が、移動するようにと伝えに来た。

返事を聞かないままにニーナが先に行く。シャーニッドがレイフォンの肩《かた》を叩《たた》いてその後に続いた。

その次をナルキが行く。

レイフォンはゆっくりと立ち上がり、少し離《はな》れてその後に続いた。

フェリが隣《となり》にやってきた。

「フォンフォン」

小声のその呼《よ》びかけに、普段《ふだん》なら前を行くニーナたちに聞こえないかと慌《あわ》てるレイフォンだが、今日はそうならなかった。

どこか、気持ちが遠くにあった。うまく摑《つか》めていない。刀を握ること、前日のシャーニッドとの会話、ニーナの決意、そしてハイアの目的……様々なものがレイフォンの頭の中をぐるぐると回っていて、そういうことに気を使うことができなかった。

「なんです？」

だから、普通に聞き返した。フェリの頑《かたく》なな無表情がほんの少し歪《ゆが》む。それの意味を察《さっ》することもレイフォンにはできなかった。

「ハイアの目的はなんでしょう？」

そうたずねてくる。

「あれを捕獲《ほかく》することでしょう。でも……」

あれを捕《つか》まえて、どうするのか。それがレイフォンにもフェリにもわからない。

あれ、とはツェルニの隣にある廃都《はいと》で出会った黄金《おうごん》の牡山羊《おやぎ》だ。レイフォンに奇妙《きみょう》な言葉を残し、そしてそのまま消えていった。都市に残っていた人々の亡骸《なきがら》を葬《ほうむ》ったのは、あの牡山羊ではないかとレイフォンは思っている。

ニーナは、あれが都市の意識、電子精霊《でんしせいれい》ではないかと推測《すいそく》していた。

そして、その推測は当たっていた。

廃貴族《はいきぞく》。ハイアはそう呼んでいた。狂《くる》った電子精霊が性質《せいしつ》変化を起こし、都市の束縛《そくばく》から離《はな》れて暴走《ぼうそう》する。

それをどうにかするとハイアは言う。だから、見つけるために協力《きょうりょく》しろと。

どうして、ハイアがわざわざツェルニに潜入《せんにゅう》してまでやってきて、廃貴族と呼ぶあれを捕まえたいのかがわからない。しかも、それを報酬《ほうしゅう》としてこれから一年間、ツェルニの汚《お》染獣《せんじゅう》からの脅威《きょうい》をサリンバン教導傭兵団《きょうどうようへいだん》が守るとまで言ってきたのだ。

そこがレイフォンには不気味に映《うつ》る。

ツェルニにとっての損失《そんしつ》がまるでない。

美味《うま》すぎる話だ。

しかし、いまのレイフォンには考えることが多すぎて、しかもその考えの結果をもうすぐ実行しなくてはいけない。

ハイアの目的についてあれこれと考えている暇《ひま》はなかった。

「わかりませんよ」

そう答えるしかなかった。

それがフェリには不満であったらしい。

足を蹴《け》られた。しかも、前に回りこんでわざわざすねを蹴る。

「なにするんですか？」

「生意気です」

そう言い残すと、フェリはそっぽを向いて先に行ってしまう。

「なんなんだか……」

すねを蹴られたからといって、フェリに蹴られたぐらいではそれほど痛いものでもない。

けれど、フェリの怒《おこ》っているその理由がうまく把握《はあく》できなかった。

そのことを思い悩《なや》む余裕《よゆう》はない。電気の明かりではない眩《まぶ》しさが行く先を支配《しはい》していた。

もうすぐ試合が始まる。

腰《こし》の剣帯《けんたい》に、自然と手が伸《の》びる。

青石錬金鋼《サファイアダイト》か、簡易型複合錬金鋼《シム・アダマンダイト》か……

剣《けん》か、刀か。

レイフォンの手はその中間で止まり、いまだに彷徨《さまよ》っていた。

†

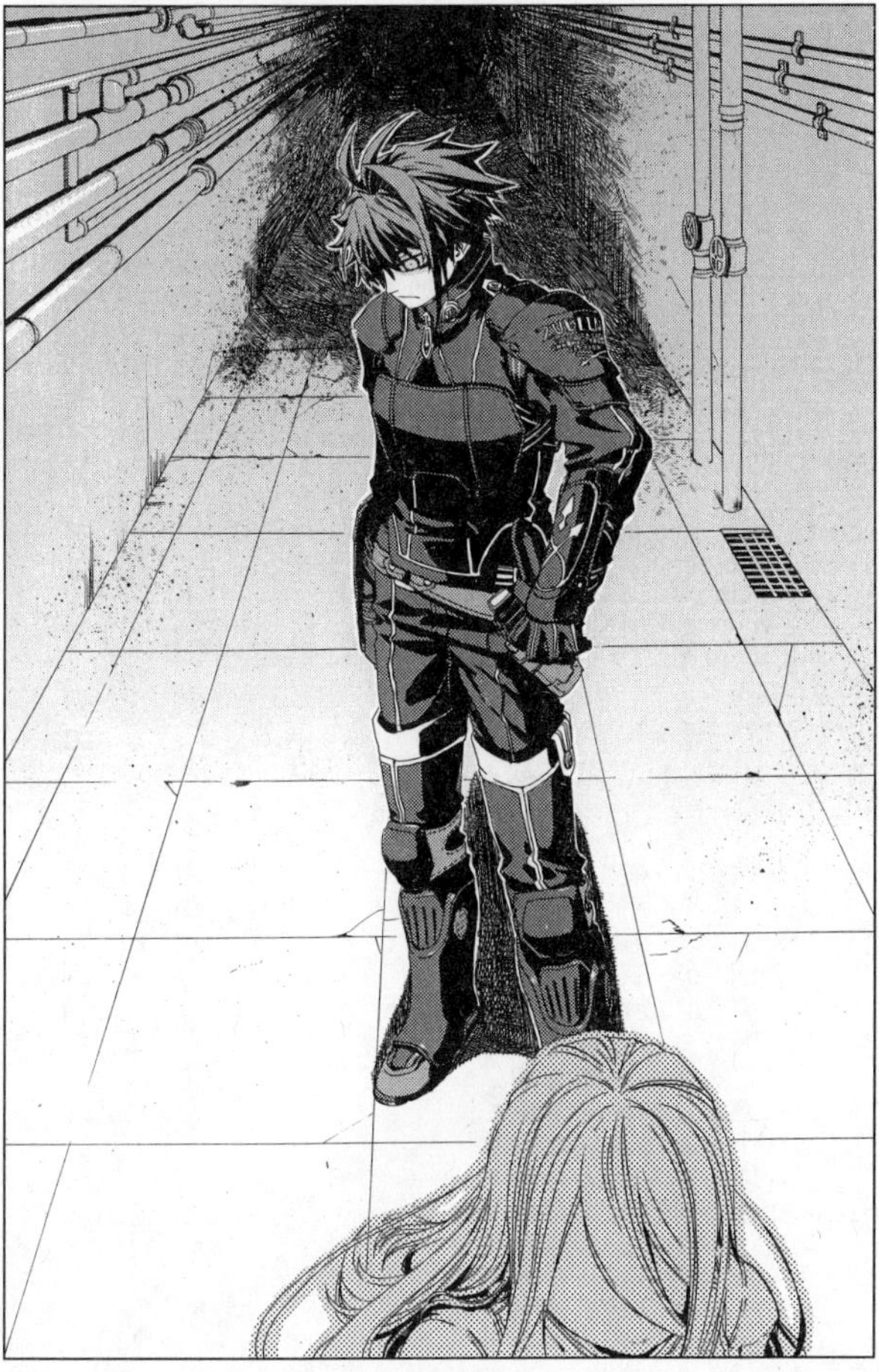

司会の女生徒の声が野戦グラウンドを駆《か》け回る。

今回は第十小隊が攻撃側《こうげきがわ》。レイフォンたちの第十七小隊は防御側《ぼうぎょ》だった。

前評判では人数の少ない第十七小隊が不利……とミィフィが教えてくれた。第十小隊もこちらと同じで攻撃を得意としている小隊だからというのが大きな理由だ。

開始のサイレンが鳴る。

観客たちが息を呑み、サイレンの音に歓声《かんせい》を上げる。

最初に土煙《つちけむり》を上げたのは第十小隊だった。

ダルシェナだ。

突撃槍《ランス》の形をした錬金鋼《ダイト》を手に、まっすぐに突《つ》っ込《こ》んでくる。

罠《わな》を恐《おそ》れないまっすぐな突撃《とつげき》だ。念威繰者《ねんいそうしゃ》の念威爆雷《ばくらい》や、あるいは単純《たんじゅん》な罠が仕掛《しか》けられている可能性《かのうせい》を無視《むし》して、ダルシェナは進んでくる。

その姿が観客席にある大型《おおがた》モニターに映《うつ》し出される。幾房《いくふさ》も螺旋《らせん》を巻いた豊《ゆた》かな金髪《きんぱつ》を風に乗せ、改造《かいぞう》した戦闘衣《せんとうい》を着込んでいる。赤地に白のラインが走った上衣の裾《すそ》は長く、コートのようだ。その裾を翻《ひるがえ》して進む姿は、野を駆《か》ける獣《けもの》のような美しさを体現している。

ダルシェナが罠を恐れないのには理由《わけ》があった。

ダルシェナの背後、まるで影《かげ》のように付き従《したが》う者がいる。

ディンだ。

その手には幾本ものワイヤーが握《にぎ》られている。レイフォンの鋼糸《こうし》に似ているが、あれよりもっと太く、数も少ない。ワイヤーの先には尖《とが》った錘《おもり》があり、ディンは走りながらそれを操《あやつ》り、ダルシェナの進行方向に先行させていた。

罠《わな》があれば、まずそのワイヤーが引っかかる。

さらにディンの後方から小隊員四人が遅《おく》れてやってくる。

ダルシェナの突撃を守るために、隊長のディンを合わせた六人が付く。第十小隊がもっとも得意とする攻撃の形だった。

（見たかっ！）

野戦グラウンドの半《なか》ばまで辿《たど》り着いた時、ディンは心の中で叫《さけ》んだ。第十七小隊の姿はない。おそらく、陣前《じんぜん》で勝負を決する気なのだろう。

その、臆病《おくびょう》な作戦をディンはあざ笑っていた。

（お前がいなくとも、おれたちはやれるんだ！）

ディンは自《みずか》らの武芸の才能《さいのう》をそれほど高く評価《ひょうか》していなかった。実際《じっさい》、ツェルニにやってきてからの四年間で目覚しい成長を見せることができなかった。肉体的に一番成長を見せるこの時期に武芸の才が伸《の》びない。ディンのもっとも深い悩《なや》みだった。

違法酒《いほうしゅ》を飲まないままでいたら、ダルシェナの突撃に速度をあわせ、同時にワイヤーを操って罠を潰《つぶ》すなんて真似《まね》はできなかっただろう。

ダルシェナとシャーニッドはディンとは違い才能に恵《めぐ》まれている。知り合った一年の時から小隊に入った三年の間で二人は成長した。ディンに頭脳《ずのう》という武器《ぶき》がなければ、この二人とともにいることはできなかったに違いない。

そしてこの二人に出会えたことを、ディンは幸運だと思っていた。

それなのに、シャーニッドが裏切《うらぎ》った。

(見たかっ!)

ディンにとっては悲痛《ひつう》な叫びだった。三人でいることが最善《さいぜん》だと思っていたのに、その形をシャーニッドが崩《くず》してしまったのだ。

その形には意味がないとでも言うが如《ごと》くにだ。

「シェーナっ! このまま突きつぶすぞ」

ディンが声に出して前を行くダルシェナに呼びかける。ダルシェナからの返事はなかったが、その速度がさらに上がった。

前を遮《さえぎ》るものがいればその全《すべ》てを突き貫《つらぬ》き、弾《はじ》き飛ばす。突撃槍《ランス》にこもる剄《けい》の輝きが、猛獣《もうじゅう》の牙《きば》のように野戦グラウンドの空間を深く抉《えぐ》っていく。

中央に生えた木々の列を抜《ぬ》ければ第十七小隊の陣が見えてくる。

その時に、変化が起きた。

木々を抜けた途端《とたん》、左右の地面が爆発《ばくはつ》したのだ。第十小隊の進行方向に設置《せっち》されたものではなかったので、ディンのワイヤーにも念威《ねんい》繰者《そうしゃ》の感覚にもひっかかることはなかった。

「被害《ひがい》はない。進めっ！」

ダルシェナの足が止まらないよう、ディンは叫ぶ。

だが、爆発は第十小隊の足を止めるために起こったのではなかった。

もうもうと立ち籠《こ》めた土煙《つちけむり》が野戦グラウンドの半分を覆《おお》い、観客の目から戦場を隠《かく》す。念威で操作《そうさ》されたカメラもまた役に立たなくなり、モニターには立ち籠める土煙だけが映《うつ》っていた。

つまりは大規模《だいきぼ》な煙幕《えんまく》だ。

「来るぞ、気をつけろ」

これは後方の小隊員に向けたものだ。

この煙幕に何の意味があるのか、ディンは攻撃を仕掛《しか》けてくる予兆《よちょう》と読んだ。だが、自分たちの目ではなく、観客の目を潰《つぶ》すようなやり方にどんな意味が……

第十小隊の念威繰者からは第十七小隊が動いたとは伝わってこない。隊長のニーナ・アントークとレイフォン・アルセイフ、そして試合前に入った新人と念威繰者のフェリ・ロスはフラッグの前にいる。

シャーニッドだけは、開始とともに姿を消した。殺剄《さっけい》による潜伏《せんぷく》は念威繰者の感覚ですら居場所をなかなか摑《つか》ませない。シャーニッドのような遠距離《えんきょり》からの狙撃《そげき》を得意とする武芸者は、自分の位置を知られることがそのまま自分の攻撃を読まれてしまうことに繋《つな》がるので殺剄は特に念入《ねんい》りだ。

シャーニッドもその枠《わく》の中から漏《も》れない。

いや、シャーニッドほど忠実《ちゅうじつ》に狙撃手であろうとした武芸者は、ツェルニには他にいないとさえディンは思っている。

「狙撃に気をつけろ」

そう声をかけてみたものの、最初の一射《いっしゃ》では誰《だれ》かがやられるだろうと思っていた。それが、自分かダルシェナでなければいい。

ディンはわずかに下がって、他の小隊員を盾《たて》にした。ディンが撃《う》たれればそれで負けだ。他の小隊員も心得ている。また、攻撃役のダルシェナがやられても攻撃力の激減《げきげん》という意味で同様だが、彼女は怯《ひる》まない。逆に、迎《むか》え撃つという気概《きがい》を見せて直進した。

ダルシェナとディンとの間に、距離が開いた。

フラッグ前で動きがあったと報告が来た時には、すでに遅《おそ》かった。

前方の右斜《なな》めから、隊を切り裂《さ》くように衝撃《しょうげき》が走った。

レイフォンだ。

土煙が上がったと同時にフラッグの前から移動したレイフォンは、旋剄《せんけい》で隊を斜めに切り裂くように飛び込み、ダルシェナとディンとを切り離《はな》した。

「進めっ！」

止まりかけたダルシェナにディンはそう怒鳴《どな》った。レイフォンがディンたちを抑《おさ》え、ダルシェナを残りの三人で潰す。そういう作戦なのだろう。

レイフォン・アルセイフという突出《とっしゅつ》した戦力の使い方としては正しい。ダルシェナにぶつけて潰し合わせても、その後には五対三という不利なぶつかり合いが待っているだけだ。

だが、ディンはダルシェナの突貫力《とっかんりょく》を信じていた。ニーナ・アントークは個人技《こじんぎ》として防御《ぼうぎょ》に優《すぐ》れているが、ダルシェナの槍《やり》の前ではなにほどのこともないと。まして新人の小隊員など物の数ではない。シャーニッドの狙撃すらも弾《はじ》き返すと。

だがこの時、レイフォンに遮《さえぎ》られて確認が遅れたが、ディンにとっての意外な流れはまだ続いていた。

「シャーニッドっ！」

ダルシェナの驚きと怒りに満ちた声がディンの耳に届いた。

†

試合の前日。レイフォンは練武館《れんぶかん》の視聴覚室《しちょうかくしつ》に向かっていた。

シャーニッドに呼び出されたのだ。

練武館には視聴覚室がいくつかある。これは、小隊が撮《と》り溜《た》めた映像《えいぞう》を見るためだ。各隊の訓練室《くんれんしつ》にこれらの機材を置いても、訓練中に壊《こわ》れる可能性《かのうせい》が高い。

指定された二番目の部屋をノックする。鍵《かぎ》はかかっていなかった。

「よう、悪いな」

レイフォンはいままで試合相手の小隊の情報を事前に知ろうとは思わなかった。

だから、この部屋に入ったのは初めてだ。

視聴覚室といっても大きめのモニターと機材の他にはホワイトボードとパイプ椅子《いす》がある程度《ていど》の部屋だ。記録映像で試合相手の動きを調べながら作戦を立てるためにもこの部屋は使われている。シャーニッドはパイプ椅子を二つ使って寝《ね》そべるようにしてモニターを眺《なが》めている。

モニターにはニーナが撮ったのだろう、第十小隊の試合が流れていた。

ダルシェナの勇壮《ゆうそう》な突撃《とつげき》がアップになっている。ニーナはカメラマンとしてはあまり褒《ほ》められたものではないらしく、カメラは何度も揺《ゆ》れた。

それでも、武芸者の高速の動きを捕《と》らえるのは普通《ふつう》のカメラマンではできない。

レイフォンはなるべくモニターを見ないようにした。

知らないままでいれば油断《ゆだん》しないで済《す》むといういつもの考え方からではない。

明日、このダルシェナと正々堂々と戦わないからだ。正々堂々と戦うことにレイフォンは重きを置いていないが、それでも明日のことは気が重い。レイフォンの後ろめたさは第十小隊に向いているのではなく、目の前のシャーニッドに向けられていた。

以前になにがあったかは知らないが、シャーニッドと第十小隊の二人は親友といってもいいぐらいの仲だったはずだからだ。

「ああ、やっぱりだ」

しばらく沈黙《ちんもく》が続いた後にシャーニッドがそう呟《つぶや》いた。モニターからは音が出ず、機材の動く静かな音しかなかった。

「シェーナは、やっちゃいないな」

「え？」

「違法酒《いほうしゅ》だよ……」

「まさか……」

ダルシェナという女性のことをレイフォンは知らない。だが、違法酒を手に入れているのは隊長のディンだ。自然、レイフォンは第十小隊の全員が違法酒を飲んでいるのだと思っていた。

「じゃあ、この人は知らないんですか？」

そうなら、この人とはやらないですむ。レイフォンにとってはほんの少しでも気が楽になる事実だった。

シャーニッドは静かに首を振《ふ》った。

「んにゃ、知ってはいるだろうな。おれよりも最近のディンを知ってんだ。ディンの変化に気が付かないわけがない。まったく……」

シャーニッドは舌打《したう》ちし、パイプ椅子の足を指で弾《はじ》いた。

「まったくお人好《ひとよ》しだ。公正無私《こうせいむし》がモットーだ、イアハイムの騎士《きし》とはそういうものだとか偉《えら》そうなことを言っているくせに仲間の不正には二の足踏《ふ》んでこの様だ。調べるつもりで無駄《むだ》に歩き回って、それで調べたつもりになって済《す》ます。情《なさ》けねぇ弱虫だ」

シャーニッドの声は淡々《たんたん》としていた。そうだったから余計に彼が苛立《いらだ》っているのがよくわかった。

「聞いてくれよ。おれたちはよ、一年の時に知り合った。クラスは別だったが、武芸科の授業《じゅぎょう》で班別対抗戦《はんべつたいこうせん》をやって同じチームになった。そん時からの仲だ。馬鹿《ばか》みたいに気が合った。そん時に目をかけてくれたのが前の第十小隊の隊長だ。いい人だったよ。おれたちはあの人のためにがんばろうなんて、青春じみたことを考えてたさ。……武芸大会で負けた時、あの人は哀《かな》しんだ。自分の大好きな場所のためになにもできないままに卒業《そつぎょう》していくしかないのが悔《くや》しくて泣いてた。その姿《すがた》を見て、おれたちは誓《ちか》い合ったんだ。おれたちの手でツェルニを守るってな」

シャーニッドがため息を吐《つ》く。

ツェルニを守る。その誓いはニーナと同じだ。ニーナとシャーニッドたちの違《ちが》いは、小隊員の一人として武芸大会の激戦地に立っていたか、そうでなかったかぐらいでしかない。

「だけどな、そう誓い合ってた頃《ころ》にはよ。もう、おれたちの仲は壊《こわ》れかけてたんだよ」

驚きはあった。だけど、レイフォンは黙《だま》っていることにした。シャーニッドはこれから、なにかをレイフォンに言う。そのためにこの話は必要なのだろう。

「簡単《かんたん》な話さ。ディンは隊長さんを、シェーナはディンを、そしておれはシェーナを……ねずみが尻尾《しっぽ》を食い合ってるみたいなくだらねぇ恋愛模様《れんあいもよう》だ。ディンは隊長のために、シェーナはディンのために、おれはシェーナのためにそう誓い合った。おれはその時にはもう、おれたちの関係がどんなもんなのかを知っていた。それでもなんとかなるだろうと思っていた。自分たちの感情をごまかし合ってたのさ。押《お》し殺して誓いで蓋《ふた》をして、そうやって自分らの感情を騙《だま》してやってきた。三年になって第十小隊に入って、対抗試合にも出た。うまく動いていたさ。それぞれがそれぞれのために動いてんだから、そりゃ、うまくいくさ。だけどな、おれは狙撃手《そげきしゅ》なんだよ。戦場を遠くから見ちまう。客観的にいまの状況《じょうきょう》を考えて結局いつかは崩《くず》れるだろうって予感していた。誰《だれ》かが我慢《がまん》できなくなる。ここにはいない人間のことを考えてるディンはまだマシだったかもしれねぇが、おれとシェーナはそうはいかない」

そして、我慢できなくなったのはシャーニッドだったのだろうか？

そうなんだろう、きっと。

「……これは、あいつ自身がずるずると先延《さきの》ばしにした弱さが招《まね》いた結末だ。そして、おれが半端《はんぱ》に壊《こわ》しちまったせいでもある。おれたちはもっと派手《はで》に壊れないといけなかった。修復不能《しゅうふくふのう》なぐらいに、それができなかったのがあの時のおれの失敗だ」

もしかしたら……シャーニッドは、その時の失敗を取り戻《もど》すためにニーナの呼びかけに応《こた》えたのだろうか？

「レイフォン」

シャーニッドがレイフォンを呼ぶ。

「決めたんだろ？」

「……はい」

この前日、レイフォンは会長に自分の意思を伝えた。

「……シェーナはおれに任《まか》せてくんねぇかな」

その言葉に逆《さか》らえるはずもなく、レイフォンは頷《うなず》いた。

†

「シャーニッド！」

どういうつもりか？　そういう意味での叫《さけ》びだったのだろう。

ダルシェナの進行方向上にシャーニッドが姿を晒《さら》していた。

狙撃手のいるべき位置ではない。

しかもその手に握《にぎ》っているのは得意の狙撃銃《じゅう》ではなく、二丁《ちょう》の拳銃型《けんじゅうがた》の錬金鋼《ダイト》だ。

「小手先の技《わざ》でわたしを迎《むか》え撃《う》つつもりかっ！」

突撃してくるダルシェナの顔に朱《しゅ》が走る。

それになにより……なによりダルシェナを怒《おこ》らせているのはシャーニッドの着ている戦《せん》

闘衣《とうい》だろう。改造《かいぞう》された、コートのような上衣の戦闘衣。ダルシェナと、ディンと同じものだ。

第十小隊に入った時、三人のために作らせた戦闘衣だ。

シャーニッドはにやりと笑《わら》った。

「小手先かどうかは、自分の体に聞いてみな」

シャーニッドは構《かま》え、撃った。

両腕《りょううで》を通して錬金鋼《ダイト》に走った剄《けい》が内部のメカニズムによって収斂《しゅうれん》され弾《はじ》き出される。連発して放《はな》たれた剄弾《けいだん》は、通常《つうじょう》の衝剄《しょうけい》では出せない速度でダルシェナに迫《せま》る。

ダルシェナは軌道変更《きどうへんこう》。上に跳躍《ちょうやく》して剄弾を躱《かわ》した。

外力系《けい》衝剄の変化、背狼衝《はいろうしょう》。

ダルシェナの背中《せなか》で、衝剄が爆発的《ばくはってき》な音を立てて放たれる。その反動を利用して、ダルシェナは一個《いっこ》の矢となってシャーニッドに向かった。

シャーニッドも後退《こうたい》してそれを避《さ》ける。地面が砕《くだ》け、土煙《つちけむり》が舞《ま》う。

「くっ!」

もうもうと周囲の空気にこびりつく土煙に、ダルシェナは狼狽《ろうばい》した。

普段《ふだん》の湿気《しっけ》を含《ふく》んだ野戦グランドの土ならば、ここまでにはならない。

土煙というよりは砂煙《すなけむり》だ。

「っ！　土を変えさせたな！」

目に入らないようにしながら、ダルシェナが叫《さけ》んだ。

ニーナがこの試合のために陣前《じんぜん》の地面のあちこちに乾燥《かんそう》した砂の入った袋《ふくろ》を埋《う》めておいたのだ。これがダルシェナの攻撃《こうげき》で宙《ちゅう》にばらまかれ、視界《しかい》を塞《ふさ》いだ。

辺りはすでに乱《みだ》れ飛ぶ衝剄で気流が乱れに乱れている。そう簡単《かんたん》にはこの砂煙は収《おさ》まらない。

野戦グランド全体を覆《おお》う土煙も、これと同じものを使っている。

「くっ」

砂煙に気を取られ、シャーニッドの姿を見失った。気配を探《さぐ》っても見つけられない。

殺到《さっけい》だ。自らの気配を完全に殺して、シャーニッドは攻撃の機を窺《うかが》っている。

「どこだっ!?」

目を凝《こ》らそうにも周囲に舞い散《ち》る砂粒《すなつぶ》が入りそうになって、目を開けていることも難《むずか》しい。ダルシェナは突撃槍《ランス》を構《かま》えて、その場でじっとした。

動いた。

「そこかっ！」

ダルシェナが突撃槍《ランス》を横殴《よこなぐ》りに振《ふ》った。

「ちっ」

右側面《そくめん》で銃《じゅう》を構えていたシャーニッドは舌打《したう》ち混《ま》じりに跳《と》び下がった。剄弾を撃つ瞬間《しゅんかん》までは殺剄を続けていられない。

「さすがにそこまで甘《あま》くねぇか」

「舐《な》めるなよ」

ダルシェナが突撃槍《ランス》を突《つ》き込んでくる。シャーニッドは体を低くして懐《ふところ》に飛び込んだ。右の銃で突撃槍《ランス》の軌道《きどう》をそらし、左の銃を突き出す。

銃爪《ひきがね》を引く瞬間、ダルシェナが身を捻《よじ》る。放たれた剄弾はダルシェナの上衣をかすめた。

ダルシェナが突撃槍《ランス》を引いて下がろうとする。

だが、シャーニッドは右手を突撃槍《ランス》に吸《す》い付かせているかのように呼吸《こきゅう》を合わせて追《お》いすがった。擦《す》り合わさる銃身《じゅうしん》と槍《やり》の側面が剄《けい》のぶつかり合いも重なって青い火花を放つ。

シャーニッドが左の銃口を突き出せば、ダルシェナは空《あ》いた左手で銃の向きを変えさせる。

もつれ合うようにして、二人はその場で攻防《こうぼう》を繰《く》り返した。

「シャーニッド、なぜだ？」

もつれ合いながら、ダルシェナが問いかけてきた。もちろんお互《たが》い、相手の動きには細心の注意を払っている。

「お前が馬鹿《ばか》だからさ」

「なっ」

「わかっててなにもしないのは、馬鹿だろう」

ダルシェナの顔が引きつった。すぐにディンの違法酒《いほうしゅ》の件《けん》だとわかったらしい。

「では、この仕掛《しか》けは……」

野戦グラウンドを覆う砂煙……第十小隊に対する罠《わな》だけとは思えないようなこの大規模《だいきぼ》な目隠《めかく》しは、観客にこれから起こることを正確に見せないためなのだと気が付いたようだ。

「そういうことだよ」

シャーニッドは目で頷《うなず》いた。

「どうして止めなかった？」

「お前がそれを言うか!?」

ダルシェナが全身で衝剄《しょうけい》を放った。シャーニッドは距離《きょり》を取らざるを得ない。

「どうしてこんなことになったと思っている？　シャーニッド、お前が裏切《うらぎ》ったからだろう！」

「誓《ちか》いか？　おれたちの誓いにそこまでの価値《かち》があったか？　シェーナ、お前は本当に、真摯《しんし》にあの誓いを受け止めていたか？」

「…………」

シャーニッドの問いに、ダルシェナが口をつぐんだ。

「お前はわかっていたはずだ。おれたちの誓いには誠実《せいじつ》さがなかった。適当《てきとう》に自分の気持ちを偽《いつわ》って作ったものだった」

「黙《だま》れっ！」

ダルシェナが突撃してくる。全身を使った突貫《とっかん》に、シャーニッドは地面を転《ころ》がってさけた。転がり、起きるとすぐに両手の銃を構《かま》える。

そのまま、シャーニッドを無視《むし》してダルシェナが進もうとする。シャーニッドを攻《せ》めようとしたのはフェイクだ。そのままディンと合流することが目的だ。

「させるか」

銃爪《ひきがね》を引く。狙《ねら》いはダルシェナの足。狙撃銃《そげきじゅう》なら余裕《よゆう》で当てられる距離だが、シャーニッドの拳銃《けんじゅう》は打撃《だげき》をすることを重視《じゅうし》した黒鋼錬金鋼《クロムダイト》だ。剄《けい》の伝導率《でんどうりつ》が悪く、そのために軽金錬金鋼《リチウムダイト》の時のような精緻《せいち》な射撃《しゃげき》はできない。

銃爪を引きまくる。連射《れんしゃ》された剄弾《けいだん》はダルシェナの足下《あしもと》で爆発した。命中はしなかったが、足を止めることはできた。

「行かせるかよ」

素早《すばや》くダルシェナの前に回り込み、再《ふたた》びもつれ合うように近接戦《きんせつせん》を演《えん》じた。

「シャーニッド、貴様《きさま》は本当にこれでいいのか？」

「いいもなにも、あいつが選んだ結末だろうが」

振り回す槍の上を飛び越え、銃撃を加えながらシャーニッドは叫《さけ》ぶ。

「ディンは、都市のことを本当に考えている。たしかに、あの人への気持ちが最初だったのは本当かもしれない。だけど、この都市の将来《しょうらい》も本気で考えている」

「そんなことはわかっているさ」

シャーニッドにだってわかっている。ディンもまた馬鹿が付くくらいに生真面目《きまじめ》だ。やがて恋愛感情《れんあいかんじょう》だけで都市を守ろうとする自分の不誠実《ふせいじつ》さを許《ゆる》せなくなるに違《ちが》いないと思っていた。

「なら、どうして邪魔《じゃま》をする？」

「やり方が間違っているからだ」

だが、だからこそ、どんどんと歪《ゆが》んでくる。都市のために都市を守らなければならないと、都市の上に生きる全《すべ》ての人のために都市を守らなければならないと、本心でそう思っていないことなのに、それを自《みずか》らの信念に、無理やりしてしまうだろう。

だからこそ、歪む。

「間違っているとどうして言える？ 気持ちに実力を追いつかせようとすることを、どうして間違いだって言い切れる」

ダルシェナの悲痛《ひつう》な叫びに、シャーニッドは顔をしかめた。ディンは正しくあらねばならない……そんな信仰《しんこう》のような思いがダルシェナの言葉にはまとわりついていた。

ほんの瞬間、シャーニッドは油断《ゆだん》した。足が止まったのだ。ダルシェナの突撃槍《ランス》がそんなシャーニッドをなぎ払《はら》う。とっさに銃《じゅう》を使って防《ふせ》がなければ、そのまま頭を打たれて気《き》絶《ぜつ》したかもしれない。

シャーニッドは地面を滑《すべ》った。そのままディンの元へ急行しようとするダルシェナを、滑りながら銃を撃《う》つことで止める。

「……あいつが間違ってないっていうなら、どうしてお前に違法酒のことを言ってない？」

立ち上がりながら、シャーニッドは言った。

「なんで、お前には違法酒を使わせない？」

再び、ダルシェナの顔が引きつった。

「……黙《だま》れ」

「なんで、違法酒のことを知らせない？　自分のやっていることに後ろめたさがないなら、どうして黙っていた」

「黙れっ！」

ダルシェナが突撃槍《ランス》を地面に突《つ》き刺《さ》した。いまならシャーニッドを振《ふ》り切ってディンのところへと行けたかもしれない。

それなのに、地面に突撃槍《ランス》を刺した。

そのことにどういう意味があるのかはシャーニッドにもわからない。だが、シャーニッドの口を止めなければ気が済《す》まないという気分にもっていけたことは確かだった。

（それでいい）

表情には出さず、そう思う。

ディンと合流してしまえば、シャーニッドには止められない。レイフォンが片を付けてしまうだろう。

そうさせてはいけない。そうはさせたくない。これはディンが迎《むか》えなければいけない結末で、ダルシェナは関係ない。

ディンがそう望んでいるのだ。

シャーニッドはそう思っている。ディン自身が気付いていないにしても、ダルシェナを意識的に違法酒の輪の中に引きずり込まなかったことがシャーニッドにそう思わせた。

「後ろめたいから、シェーナには言わなかった。そういうことだろう？」

「……黙れと言ったぞ」

ダルシェナが静かに言い放ち、突撃槍《ランス》の握《にぎ》りを捻《ねじ》った。

石突の表層《ひょうそう》がぼろぼろと崩《くず》れ、その中から細身の柄《つか》が姿を現《あらわ》す。

「おいおい……」

シャーニッドの見ている前でそれを握り締《し》め、引き抜く。

ダルシェナの手に優美《ゆうび》な細身の剣が握られた。

「実力を隠《かく》していたのが、お前だけだと思うな」

ダルシェナが細剣を構《かま》え、シャーニッドに襲《おそ》いかかる。

†

「君の役目は、敵《てき》の念威《ねんい》繰者《そうしゃ》を黙《だま》らせることだ」

試合前のニーナの言葉を思い出す。第十小隊に状況《じょうきょう》を理解《りかい》されては困《こま》る。砂煙《すなけむり》の煙幕《えんまく》で視覚《しかく》をかく乱《らん》し、さらに念威繰者を戦線《せんせん》離脱《りだつ》させて通信網《つうしんもう》を破壊《はかい》して完全に孤立《こりつ》させる。

あの砂煙は、観客たちから試合を見えなくするという効果《こうか》を狙《ねら》ったものだけれど、第十小隊たちをかく乱するためでもある。

ナルキは走っていた。

レイフォンが動いたと同時に、その後ろに付いて走った。

（速いっ！）

先を行くレイフォンにあっという間に距離《きより》を開けられてしまった。試合の開始が告《つ》げられたと同時に、緊張《きんちょう》はある種の覚悟《かくご》に変わっていた。体の動きは、万全ではなくとも八割《わり》はいけていると思う。

それでも、レイフォンの速度に追いつけない。

（これほどとは……）

この一瞬《いっしゅん》で、ナルキはレイフォンとの実力差を痛感《つうかん》した。

レイフォンが強い……それも学生レベルよりも上にいるというのは、いままでの試合や、都市警《としけい》の仕事に付き合ってもらった時に見ていてわかっていたつもりだった。

理解していたつもりでしかないということを思い知らされた。それは武芸科の一年生全員が持つ甘《あま》い現実感なのか、それともナルキの驕《おご》りなのかははっきりとしないけれど、それがいま、音を立てて崩《くず》れたのをナルキは感じた。

（くそっ）

衝勁《しょうけい》に自信はないけれど、活勁《かっけい》にはあった。運動能力《のうりょく》だけなら小隊員とだってそう悪い戦いにはならないと思っていただけに、ナルキはむきになって速度を上げた。

予想していた小隊員の追撃《ついげき》はなかった。ニーナはレイフォンが押《お》さえると自信満々に言っていたが、ナルキは懐疑的《かいぎてき》だった。

だが、実際《じっさい》にナルキを止めに来る様子はない。

（信頼《しんらい》してるんだな……）

そう思う。どれだけ実力が優《すぐ》れていても多人数を相手にさせる以上、不安の影《かげ》は付きまとうはずだ。

ニーナははっきりと断言《だんげん》してみせた。レイフォンの実力は、ナルキたちよりもニーナたちの方がよく知っているということでもある。

自分たちといる時と、ニーナたちといる時のレイフォン……ふとその考えが頭をよぎった。

どちらが本当のレイフォンかと言えば、両方だろうとは思う。どんな人間でも接《せっ》している相手によって、多少は自分の性格《せいかく》がその場で変わってくるものだ。それは、変わり身がうまいというわけではなく、その状況に一番適《てき》している自分を引き出しているからにすぎない。

メイシェンたちといる時の自分、都市警で働いている時の自分が時に違う人間のように感じる瞬間が、ナルキにだってある。

だが、他人のそういう面を見るのは新鮮《しんせん》であり、驚《おどろ》きだ。

（ここまでの信頼は、きっとできないだろうな）

メイシェンのことを考えて、そう思った。そもそも彼女は武芸者ですらない。戦いの最中に仲間の実力を信頼し、任《まか》せるなんて真似《まね》は考えたこともないだろう。

優《やさ》しい子なのだ。

以前に汚染獣《おせんじゅう》がツェルニを襲《おそ》ってきた時も、戦いが終わって戻《もど》ってきたナルキを見て泣き出してしまっていた。

今は命の懸《か》からない小隊同士の試合だからいい。

だが、あの時のようなことになった時、レイフォンが危険《きけん》な場所に一人で臨《のぞ》むような事《じ》態《たい》になって、大丈夫《だいじょうぶ》だと強く言うことができるだろうか？

（きっと無理だ）

その差がどう出るか……いまはわからない。できれば致命的《ちめいてき》な差であってほしくないと思う。大切な幼馴染《おさななじみ》がツェルニに来て初めて興味《きょうみ》を持った他人、それも異性《いせい》だ。初恋《はつこい》なんじゃないかとすら思う。

うまくいってほしいと思うが……レイフォンに気がある様子なのは、なにもメイシェンだけではない。

(まったく……)

それ以上、余計《よけい》な考えに沈《しず》んでいる余裕《よゆう》はなかった。

ナルキは野戦《やせん》グラウンドを半ば以上駆《か》け抜《ぬ》け、第十小隊の陣《じん》を視界《しかい》に収《おさ》めた。この辺りは砂煙に覆《おお》われていない。

わっと、観客たちが声を上げた。司会の女生徒が興奮《こうふん》した様子でなにかを喋《しゃべ》っているのが聞こえる。

観客席中の視線が砂煙の残滓《ざんし》を引き連れて走るナルキに集中している。

「ええいっ！」

あがりそうになった自分を叱咤《しった》して、ナルキは目を凝《こ》らした。

第十小隊の念威《ねんい》繰者《そうしゃ》を捜《さが》す。攻撃側《こうげきがわ》は事前に陣の改良など行えず、またその必要もないので簡単《かんたん》なものだ。土塁《どるい》を積《つ》み上げただけの塀《へい》の向こうに念威繰者の姿《すがた》を見つけたナルキは、まっすぐにそちらに向かった。

念威繰者が知覚とそれを伝達する速度は武芸者以上だ。また、そうでなければ高速で戦う武芸者たち後方で情報支援《しえん》などできるはずがない。

ナルキの接近《せっきん》には早くに気付いていたはずだ。

だが、その身体能力は一般人《いっぱんじん》とそれほど変わりない。

問題なのはいつ察知《さっち》されたかで、それから接近するまでにどれだけの防衛策《ぼうえいさく》を講《こう》じられたかだ。

「前方に念威端子《たんし》多数。注意を」

耳にフェリの淡々《たんたん》とした言葉が届《とど》いて、ナルキはジグザグに走った。

途端《とたん》、ナルキの側面で爆発《ばくはつ》が起きる。光が走り、轟音《ごうおん》が鳴り、目の前を紫電《しでん》の舌《した》が舐《な》めた。念威爆雷《ばくらい》だ。念威繰者の攻撃方法はこれだけだといってもいい。周到《しゅうとう》に配置された爆雷は、ナルキの疾走《しっそう》速度を読んで、そのタイミングに合わせて爆発していた。

ナルキは鼓膜《こまく》と平衡感覚《へいこうかんかく》をやられないように、耳を塞《ふさ》ぎ、半ば目を閉《と》じて爆発の隙間《すきま》を潜《くぐ》り抜《ぬ》けた。

光の残滓が張り付いて眩《くら》む視界《しかい》を凝《こ》らし、ナルキは念威繰者の位置を再確認、手にした錬金鋼《ダイト》を投《とう》じた。

ナルキがハーレイに作らせたのは、取《と》り縄《なわ》だ。といっても縄ではない。黒鋼錬金鋼《クロムダイト》を使った鎖《くさり》だ。細かい輪を繋《つな》げた細い鎖は縄のようにナルキの思い通りに飛び、念威繰者を縛《しば》り上げる。

身動きが取れなくなったところで接近《せっきん》、当て身を食《く》らわせて気絶《きぜつ》させた。

「ふう……」

爆雷の派手《はで》さと、それを切り抜けたナルキに歓声《かんせい》が上がる。ナルキは自分の仕事を済《す》ませたことに安堵《あんど》しつつ、いまだに砂煙に覆《おお》われた戦場に目を向けた。

(レイとん、どうするつもりなんだ?)

†

レイフォンの手には、いまだ錬金鋼《ダイト》が握《にぎ》られていない。

動くたびに、ちりちりと煙《けむり》のように宙《ちゅう》を舞《ま》う砂が肌《はだ》を打つ。砂が目に入るので、視界はほぼ利《き》かないものとして扱《あつか》っていた。

それでも猛攻《もうこう》を続ける四人の隊員を捌《さば》き続けている。

ディンは四人の後方に控《ひか》え、レイフォンとの戦いを任《まか》せていた。時折、絶妙《ぜつみょう》のタイミングでワイヤーを繰《く》り出して攻撃を仕掛《しか》けてくる。四人の攻撃をかわした先でワイヤーが待ち構《かま》えている様子は、まるで念威繰者のような罠《わな》の張《は》り方だ。

それでも、レイフォンにはかすりもしない。

目を半《なか》ば閉《と》じながら剄《けい》の流れを見る。その量は違法酒《いほうしゅ》を使っているだろうとわかるほどに多い。なにより扱《あつか》いきれていないのがおかしい。衝剄《しょうけい》や活剄《かっけい》などの剄技《けいぎ》が繰《く》り出されても、そこで消費しきれなかった剄がそのまま体外に垂《た》れ流されているのだ。剄脈《けいみゃく》を自分の意思で操《あやつ》れていない証拠《しょうこ》だし、そんな武芸者が小隊員になれるほどツェルニのレベルは低くない。

（これは、壊《こわ》れる）

レイフォンはそう思った。違法酒の効果《こうか》が切れた頃《ころ》には凄《すさ》まじい疲労《ひろう》が襲《おそ》うことだろう。ニーナが活剄の使いすぎで倒れたのと同じだ。ニーナほどはっきりとした故障《こしょう》がなかなか出ないからこそ、いままで使ってこられたのだろうが、それだけに発見しにくい小さな異《い》常《じょう》が溜《た》まっていき、やがては大きな障害《しょうがい》になる。

（止めないと）

そう思う。

レイフォンが反撃に転じた。

いままで使っていた自分のリズムを変える。これまでの第十小隊の猛攻《もうこう》とそれを捌くレイフォンの動きには一定のリズムが出来上がっていた。いつのまにか攻撃側の四人も、後方のディンもまた、そのリズムの中で攻撃していたのだ。

レイフォンがリズムをずらしたことで、四人の連携《れんけい》に崩《くず》れが見えた。

その隙《すき》を縫《ぬ》って、レイフォンが動く。

瞬《また》く間に四人の急所に拳《こぶし》が埋《う》まり、倒《たお》れていった。

「なっ」

倒れ伏《ふ》す部下たちを見て、ディンが声をつまらせた。

「なんだお前は？」

レイフォンの行動そのものを理解《りかい》できたのかどうかはわからないが、小隊員四人を一瞬《いっしゅん》で気絶《きぜつ》させるような真似《まね》は、普通《ふつう》の学生武芸者にできるはずがない。それでも、その事実だけが目の前にあれば、レイフォンの強さが尋常《じんじょう》ではないことがディンにはわかったことだろう。

「いまは、あなたの結末です」

気取ったつもりはないけれど、うまい言葉も思いつかなかった。とっさに出てきたのはシャーニッドが口にしていたこの言葉だ。

その言葉がレイフォン自身に勢《いきお》いを付けた。腰《こし》の剣帯《けんたい》に手を伸《の》ばす。摑《つか》んだ錬金鋼《ダイト》に剄を流し、復元《ふくげん》。

簡易型複合錬金鋼《シム・アダマンダイト》。

「それ以外ではないです」

そう思い込むことで刀を握っている自分を許《ゆる》す。みっともない逃《に》げの思考だけれど、この状況《じょうきょう》にいることを選んでしまったのは自分なのだ。

こんな状況に直面することを望んでニーナの力になろうと思ったわけではない。それは、グレンダンにいた時だってそうだ。あんな結末を迎《むか》えたくて天剣授受者《てんけんじゅじゅしゃ》の地位を悪用したわけじゃない。

一つのことを選んでしまった以上、まとわり付いてくる問題なのだ。レイフォンは第十七小隊にいることを選んだ。だが、第十七小隊にはシャーニッドもいる。フェリもいる。ハーレイもいる。いまはナルキだっている。彼ら全員の個人の事情が絡《から》んでくることだってある。

今回はシャーニッドだったというだけのことだ。

そんな中で、レイフォンはこうすると自分で選んでしまったのだ。なら、これ以上の自問を重ねたところでいい結果が生まれてくるはずがない。

刀を使うと言ってしまったのだから。

たとえそれが、自分にとっての二度目の裏切《うらぎ》りだったとしてもだ。

一度目の裏切りは、天剣を刀の形にしなかったことだ。それはいままで育ててくれたデルクの伝えるサイハーデンの技を継承《けいしょう》することを拒否《きょひ》すると宣言《せんげん》したにも等しい所業だ。

天剣授受者となった時、これからはどんなことをしてでも金を稼《かせ》ぐと心に決めた。そんな自分が養父の伝える技を使うなんてできない。養父の技を汚《よご》したくはなかった。

いま、レイフォンはあの時に誓《ちか》ったことまで破《やぶ》った。

胸《むね》に痛《いた》みが走った。

刀の重みが腕《うで》の中にすんなりと収《おさ》まる。調整を行ったハーレイの技術力《ぎじゅつりょく》の高さが窺《うかが》える。

それだけじゃない。全身が、なにかいままで外《はず》れていた物の中にすっぽりと収まってしまったかのような、そんな落ち着きを見せている。

それもそうだろう。今のレイフォンの基礎《きそ》となるべきものがサイハーデンの刀技なのだ。そこに戻ってきたのだから。

自分の中にしっかりと宿った安定感。だからこそ、レイフォンはその感覚に溺《おぼ》れないように顔をしかめた。

すぐにまた、この感覚から去らなければいけないのだから。

「行きます」

「ぬっ、おぉぉぉぉっ！」

レイフォンの宣言に、ディンは雄叫《おたけ》びで応《こた》えた。レイフォンが走り、ワイヤーが迫《せま》るレイフォンに襲《おそ》い掛《か》かる。

だが、ワイヤーはレイフォンを通り抜けて、虚《むな》しく宙《ちゅうか》を駆けるのみだった。

残像《ざんぞう》だ。ワイヤーの当たる瞬間、レイフォンはさらに速度を上げていた。

内力系活剄《けいかつけい》の変化、疾影《しつえい》。

速度の緩急《かんきゅう》によって相手の感覚を狂《くる》わせ、さらに気配のみを四方に飛ばして混乱《こんらん》を助長《じょちょう》させる。

違法酒によって剄を増量させていたとしても、それを扱《あつか》う技量が伴《ともな》わなければどうにもできない。

宙をかき乱すワイヤーの間を縫《ぬ》って、レイフォンはディンの前に立った。あえて、正面《しょうめん》だ。

（結末に後ろから忍《しの》び寄《よ》られるなんて、最悪だ）

外力系衝剄《しょうけい》の変化、封心突《ほうしんとつ》。

ディンの前で刀を振り下ろす。刀身《とうしん》を覆《おお》った剄が流れる水を切ったように弾《はじ》け、ディンに降《ふ》り注《そそ》ぐ。刀の斬線《ざんせん》とはまた違う軌道《きどう》を描《えが》いて跳《と》ぶ衝剄の針《はり》がディンの体の各所に突《つ》き刺《さ》さった。

「くぁ……あ……」

ディンが呻《うめ》きながら、その場に膝《ひざ》を付いた。次いでワイヤーが地面に落ちる。

技を授《さず》かった時に一度受けているから知っている。痛みは激しくはない。だが全身から力を吸《す》い取《と》られるかのような嫌《いや》な虚脱感《きょだつかん》がある。

レイフォンは四肢《しし》に剄が流れないようにした。これで数分、レイフォンが剄を解《と》かなければ、半年は剄の流れが不自由になるはずだ。

後はそれまで、じっとしていればいい。

周囲を見れば、砂煙《すなけむり》はいまだにグラウンドの半分を覆《おお》っている。荒《あ》れ狂《くる》った剄がいまだに気流を落ち着かせないのだ。だが、ナルキにしてもシャーニッドにしても戦闘《せんとう》が一段落《いちだんらく》している様子だ。このままならレイフォンが剄を解く頃《ころ》には砂煙も収《おさ》まっているかもしれない。

「ぬう、ううううう」

「あまり、無理《むり》をしないほうがいいですよ」

立ち上がろうとするディンに、レイフォンはそう声をかけた。

「無理をしたら、剄脈《けいみゃく》が壊《こわ》れます」

いまでさえ違法酒によって剄脈が異常《いじょう》脈動している状態《じょうたい》なのだ。そんな状態で、さらに剄脈を活動させようとしている。堰《せ》きとめられている水路に無理に水を流せば、堰《せき》を壊《こわ》すだけでなく、水路を壊すことにも繋《つな》がる。

「お前にはわからんだろう」

ディンが動かない体を動かそうと、顔を真っ赤にして言った。

「己《おのれ》の未熟《みじゅく》を知りながら、それでもなおやらねばならぬと突き動かされるこの気持ちは、お前にはわからん」

はっきりと言われ、レイフォンは顔をしかめた。

「……僕《ぼく》だって、人生のなにもかもがうまくいったわけじゃないですよ。むしろ、失敗したからここにいるんです」

「…………」

「強いからうまくいくなんてわけじゃない。うまくやれなかったから失敗するんです。あなたはうまくやれなかった。最悪の選択肢《せんたくし》を選んだんだ。なら、この結末はまだマシな方ですよ」

「……それは、誰《だれ》が決めた？」

「え？」

「おれの結末を誰が決めた？　シャーニッドか？　ニーナ・アントークか？　生徒会長か？　おれの結末を他人に決めさせはしない。おれの意思はそこまで弱くはない……」

不穏《ふおん》な空気を感じて、レイフォンは下げた刀を持ち上げた。

気流が再《ふたた》び激《はげ》しく動き始めている。ディンが剄脈に力を注《そそ》いでいるからか？　いや……

たしかにディンの剄脈からは剄が激しく流れ出している。だが、それだけではここまで気流が早くなるはずがない。

まるで、空から渦《わざわい》が落ちてくるかのような……

なにより、この不快《ふかい》な圧力《あつりょく》には覚えがある。

「おれは、都市を守るためにこうしているんだ。武芸者として当然のこの使命感を理解できない貴様《きさま》らに……」

ディンが四肢に剄を通そうともがきながら呟《つぶや》き続ける。

「このおれを止めさせてたまるかっ！」

ディンが吠《ほ》えた。

その瞬間、レイフォンはディンに突き刺した剄の針が砕《くだ》け散《ち》るのを感じ、

「まさか」

その背後《はいご》に黄金《おうごん》の牡山羊《おやぎ》が立つのを見た。

06　狂《くる》える守護者《しゅごしゃ》

断《ことわ》るつもりだった。

なのに、どうしてこんなことをしているのだろう？

フェリは自問せずにはいられない。

あの時、練武館《れんぶかん》を出たところをハイアに待ち伏《ぶ》せされ、さらにカリアンがやってきたことで、フェリはこれから言われるはずの頼《たの》みごとという名の命令を絶対《ぜったい》に聞かないつもりでいた。

なのに、カリアンに言われてハイアの手伝いをしている。

どうして？　と聞かれればフェリはとても渋《しぶ》い顔をしたに違《ちが》いない。とくにレイフォンに聞かれればそうしていただろう。実際《じっさい》に、表情がその通りに変化するかどうかはまた別の問題なのだけれど。

でも、レイフォンは聞いたりはしてこなかった。レイフォン自身、ハイアと険悪《けんあく》な様子を見せていたり、なにか問題を抱《かか》えているような顔をしていたから、フェリに気が回らなかったのかもしれない。

仕方がないのかもしれない。

そう思うけれど、やはり腹立《はらだ》たしい。

レイフォンがなにか問題を抱えている。それは刀を持つことに抵抗《ていこう》している様子を見ればわかるはずだ明らかだ。レイフォンが問題にしているのはシャーニッドに関《かか》わる第十小隊の問題じゃない。その問題を解決するために刀を握《にぎ》らなければいけないことだ。

刀に対して、なにか思い入れがあるのだろう。

レイフォンは複雑《ふくざつ》だ。その人格《じんかく》はとても単純《たんじゅん》なように見えるのに、背負《せお》っている過去《かこ》が複雑だ。天剣授受者《てんけんじゅじゅしゃ》という過去の中に色々な問題を詰《つ》め込んでいる。

そんなレイフォンに、自分をもっと見ろと思うのは贅沢《ぜいたく》なのだろうか？

だが、見て欲《ほ》しいと思う。

レイフォンだけだ。念威繰者《ねんいそうしゃ》ではない自分を知って欲しいと思えたのは。そして、知ってくれようとしたのは。

兄のカリアンでさえ、念威繰者であるフェリ以外のことには興味《きょうみ》を示《しめ》していない。

（そう、レイフォンのことだから……）

ハイアの依頼《いらい》に協力したのだ。

ハイアがグレンダンの出身者だからというわけではない。

「あれは、強い者に不幸をもたらすさ〜」

フェリが廃都《はいと》で発見し、レイフォンが遭遇《そうぐう》した謎《なぞ》の存在《そんざい》のことをハイアはそう説明した。後は、廃貴族《はいきぞく》と呼《よ》ばれているということしか話さなかった。なにかを隠《かく》しているのは確《たし》かだけれど、それ以上の説明をしようとはしなかったし、フェリも知りたいとは思わなかった。

強い者とは、フェリにとってはレイフォンだ。いや、レイフォンを知る者なら誰《だれ》だって、そう思うに違いない。

だから、ハイアに廃貴族を押し付けようと思った。グレンダンに連れて行きたいなら連れて行けばいい。それによってツェルニに益《えき》があろうとなかろうと知ったことではない。カリアンの計算などはどうでもいい。

その感覚を発見したらハイアに知らせる。

フェリがやるべきことはそれだけだった。それがいつかは、フェリにもわからない。ただ、廃貴族は戦いの気配に敏感《びんかん》だという。もしかしたら対抗試合《たいこうじあい》でなにかが起こるかもしれないとは言われていた。

しかしまさか、このタイミングだとは……

試合はすでに終わっていた。ニーナは一歩も動くことなく。ナルキは念威繰者を行動不能にし、レイフォンは第十小隊の隊長であるディンを倒《たお》していた。シャーニッドとダルシェナの戦いは膠着《こうちゃく》状態のままだったが、ディンが倒れた以上、戦いに意味がなくなる。

普通《ふつう》の戦いであればこれで終わりだ。

第十小隊の違《い》法酒《ほうしゅ》にまつわる不祥事《ふしょうじ》も、ディンの武芸大会戦線離脱《せんせんりだつ》、第十小隊の解散《かいさん》で幕《まく》を閉《と》じる。

そのはずなのに……

「まさか……」

ディンの周囲であの時の不可解《ふかかい》な反応《はんのう》を探知《たんち》して、フェリは戸惑《とまど》った。戸惑いながら、フェリは反射的《はんしゃてき》にハイアに送っている念威端子《ねんいたんし》に発見の報《ほう》を送っていた。意識的にそうしたわけではない。無数の情報を一度に処理《しょり》しなければいけない以上、念威繰者は能力《のうりょく》を使っている際《さい》には、自分の意思とは別に反射的にこれらのことをしてしまう。今回もフェリはそうしてしまっていた。

そうしながら、レイフォンになにかが……と思ったが、反応はレイフォンとは距離《きょり》を取っている。

まるでディンに重なるように反応があった。

その瞬間、フェリは脳裏《のうり》で火花が散《ち》ったような感覚を覚えた。様々な情報を処理するための思考の高速化が、フェリに一つの推理《すいり》を組み立てさせた。

ハイアは全《すべ》てを語っていなかった。だとしたら「強い者には不幸」というあの言葉そのものもまた、全てではないということだったのではないか？　そして、強さというのが単《たん》純《じゅん》な腕力《わんりょく》の話ではなかったとすれば……

精神力《せいしんりょく》。いや、意思、思想の類《たぐい》の強さだということか？

だとしたら、それはレイフォンにはないものだ。汚染獣《おせんじゅう》を前にしても平然としていられる精神力があったとしても、今のレイフォンには明確な意思の方向性、自分の実力の使いどころ、目的意識がない。

ハイアは、レイフォンに廃貴族《はいきぞく》が不幸を——それがどんな形なのかはわからないけれど——をもたらすことがないことを知っていた？

もしかして……この試合自体もハイアは利用したのか？

違法酒の密売組織《みつばいそしき》を利用して、ハイアはツェルニに潜入《せんにゅう》していた。違法酒を利用している武芸者がいることを知っていたのだ。もしかしたらそれがディンだとはっきり知っていたかもしれない。学園都市連盟《れんめい》という大きな相互扶助組織《そうごふじょそしき》に所属《しょぞく》する学園都市という性質《せいしつ》上、不祥事はなるべくさけなければならない。揉《も》み消《け》しをはかる時には違法酒を飲んで強化した武芸者と戦える実力者がいる。レイフォンがツェルニにいることを知っている節があった以上、レイフォンが出てくると読んでいてもおかしくない。

なにより、カリアンの注文に返事をしないレイフォンを追い込むように、ハイアはサイハーデンの技を明かしていた。

「騙《だま》しましたね」

思わず、言葉が口に出た。念威を通してハイアにも通じている。

ハイアは笑っていた。

「そんなつもりはないさ〜。ただ、出やすそうな状況になるようにはさせてもらったさ」

間延《まの》びした話し方が癇《かん》に障《さわ》る。

「じゃ、約束どおりにもらっていくさ」

その瞬間、フェリは野戦グラウンドの中に無数の反応が現れたのを感知した。

†

まさかこのタイミングで現《あらわ》れる。

いずれまた、この謎《なぞ》の存在《そんざい》と対峙《たいじ》することになるかもしれない。ハイアが目的を明かした時にそう感じてはいた。だけれど、こんなに早くだとは思わなかった。

しかも、ディンになにかをした。

「……なんのつもりだ？」

封心突《ほうしんとつ》が破《やぶ》られた瞬間に、レイフォンはディンから距離を取っていた。ディンの周囲には凄《すさ》まじい量の剄《けい》が溢《あふ》れている。それはもはや違法酒……剄脈加速薬によるものとは思えないほどだ。明らかにディンの能力をはるかに上回っている。通常でこんなことをすればあっというまに廃人《はいじん》になるに違いないが、ディンの表情には逆《ぎゃく》に生気が漲《みなぎ》っていた。

牡山羊《おやぎ》に投げかけた言葉だったのだが、返事はない。そこにいるはずなのに漠《ばく》としてとらえどころのない感じはあの時と同種だが、今回はあの時よりももっとあやふやな感じがした。

（廃貴族……とか言っていた）

ハイアがそう言っていたのを思い出す。だけれど、レイフォンにはその名に覚えはなかった。グレンダンに連れ帰ると言っていた。サリンバン教導傭兵団《きょうどうようへいだん》がツェルニを守ると約束させるだけの価値《かち》が、グレンダンに持ち帰ればあるということなのだろうが、レイフォンにはわからない。

「なんのつもりだ？」

もう一度、問いかけた。

「………………」

「っ！」

黄金の牡山羊は沈黙《ちんもく》を保《たも》った。

動いたのは、ディンだ。

地面に落ちていたワイヤーが一斉《いっせい》に波打ち、レイフォンに襲《おそ》いかかった。不意を打つ動きだったが、レイフォンは反応できた。いや、これが指と手首の動きだけで操《あやつ》った攻撃だったら危《あぶ》なかったかもしれない。実際、いままでのディンの攻撃はそうだった。

だが、今回は違う。ワイヤーに剄を宿らせ、剄の流れを筋肉《きんにく》のそれのように複雑《ふくざつ》に操《あやつ》ってみせたのだ。レイフォンの鋼糸《こうし》の技《わざ》と同質《どうしつ》のものだ。

だからこそ、レイフォンはその動きをいち早く予測《よそく》して避《さ》けることができたのだが、背《せ》筋《すじ》が冷たくなるのは抑《おさ》えられなかった。

明らかにいままでのディンの技量《ぎりょう》を超《こ》えた技を見せ付けられた。

なぜもどうしてもない。ディンに隠《かく》れた実力があったなんて可能性《かのうせい》はないだろう。それなら、違法酒に手を出すなんてまねはしないはずだ。

「レイとん……なんだこれは」

ナルキだ。

呆然《ぼうぜん》とした声に、レイフォンは咄嗟《とっさ》に回避《かいひ》運動を変更《へんこう》してナルキの方へまっすぐに突き進んだ。

「つっ！」

ワイヤーが頬《ほお》をかすめる。皮が切られ、肉がわずかに抉《えぐ》られたがレイフォンはかまわずナルキの前に辿《たど》り着くと、刀を使って迫《せま》るワイヤーを払《はら》いのけ、ナルキを抱《かか》えて後退《こうたい》して距離を開けた。

「な、なんなんだ……」

突然のことにナルキが狼狽《ろうばい》したが、レイフォンの頬から流れる血を見て息を飲んだようだ。

「僕《ぼく》だってよくわからないけど……」

「……あれはなんだ？」

ナルキもまた牡山羊《おやぎ》が見えるらしい。

これで、あの時にフェリが心配していたような幻覚《げんかく》の類《たぐい》ではないことが明らかになった。

(やっぱり、あれが廃貴族)

ハイアの言う、狂った都市精霊《としせいれい》に違いない。

(なら、ディンをどうかしたのは)

あの黄金《おうごん》の牡山羊に違いない。

太く曲がりくねった角を冠《かんむり》のように頂《いただ》いた牡山羊は、あの時のように人間じみた目に何も映《うつ》さないままディンの背後にいる。

(ディンを操《あやつ》っている?)

ナルキを背後に置いたレイフォンは、あらゆる方向から迫るワイヤーの攻撃を防ぎながらディンと牡山羊を観察した。ディンは大量の剄を噴《ふ》き出して地面に垂《た》れ流している。顔は精気《せいき》に満ちているが、その瞳《ひとみ》には表情らしいものはなにもなかった。まるで牡山羊が乗り移ったかのような目をしている。

操られていると見て、間違いない。

(なら……)

牡山羊を斬《き》る。そう決めた。あの時は動くのも精一杯《せいいっぱい》の圧迫感《あっぱくかん》があったが、今日はそうではない。いまなら斬れる。なぜ? 剣を刀に変えたからか? そこまで自分の実力を過信しているつもりもないが、そう信じてやればうまくいく気がした。

ディンを救《すく》うという感覚はなかったけれど、ディンを殺すつもりもない。

(斬る)

動こうとしたその時、

「それはおれっちたちの獲物《えもの》さ〜」

間延《まの》びした声がレイフォンを制止《せいし》させた。

声と同時にレイフォンの周囲で気配が湧《わ》く。殺剄《さっけい》で気配を消し、砂煙《すなけむり》を利用して移動《いどう》して来たに違いない。

「ハイアっ！」

「廃貴族はおれっちたちがもらう。そういう約束さ〜」

声と同時に、周囲から無数の鎖《くさり》が放たれた。ディンが宙《ちゅう》へと逃げる。だが、砂煙の中から飛び出したハイアが即座《そくざ》にそれに追いつき、ディンを蹴落《けお》とした。剄で操られた鎖は地面に落ちたディンを素早くがんじがらめにする。

ディンの背後にいた牡山羊には目もくれない。

「どういうことだ？」

警戒《けいかい》を解《と》かないまま、レイフォンはハイアたちを見た。数人の見慣《みな》れない男たちが鎖を摑《つか》んでディンを取り囲んでいる。ハイアの部下、サリンバン教導傭兵団《きょうどうようへいだん》の者たちだろうが、いつのまにツェルニに潜入《せんにゅう》したのか……

いや、潜入の必要なんてもうないのだ。きっとカリアンが許可《きょか》を出して宿泊施設《しゅくはくしせつ》へと入れたのだろう。実戦を積《つ》んだ武芸者たちなら、宿泊施設からここまでやってくるのにそれほど苦労しなかったに違いない。

「どういうこともなにも、廃貴族を捕《つか》まえたのさ〜」

「それは、あそこにいる奴《やつ》だろう」

レイフォンは黄金の牡山羊に目を向けた。ディンたちが現れたというのに、牡山羊はその場から身動きもしない。

「あれはいくらおれっちでも捕まえられないさ〜。いや、元天剣授受者《てんけんじゅじゅしゃ》のレイフォン君にだって無理さ。我らが陛下《へいか》にだってきっと無理に違いないさ〜」

「なんだと？」

「だけど、宿主を見つけたのなら話は別さ〜。その宿主を捕まえちまえば、廃貴族はなにもできない。汚染獣《おせんじゅう》に都市を好きに荒らされてもなにもできないのと同じさ〜」

「……こいつはなにを言っている？」

ナルキがそう呟《つぶや》くが、レイフォンにはどう答えていいのかわからなかった。ハイアもナルキを見ていない。

話を続ける。

「学園都市に来てくれたのは幸いだったさ〜。志《こころざし》が高くても実力が伴《ともな》わない半端者《はんぱもの》ばかり。廃貴族の最高の恩恵《おんけい》を持て余《あま》して使い切れないのが関の山。本当ならおれっちたちなんて近づけもしないだろうに、この様さ〜」

「グレンダンに連れて行ってどうする気なんだ？」

「そんなこと、グレンダンに戻《もど》れないレイフォン君には関係ないさ〜」

得意げに笑うハイアに、レイフォンは最初に会った時のような頭に血が上る感覚もなく冷静に聞き続けることができた。

これも久《ひさ》しぶりに刀を握《にぎ》ったせいなのかもしれない。

だが、それでどうすればいいのか、レイフォンには判断《はんだん》できない。

「まぁ、ヒントぐらいはいいかもさ〜。グレンダンがどうしてあんな危《あぶ》なっかしい場所に居続《いつづ》けてるか？　それの答えと同じところにあるさ〜」

「どうして……？」

グレンダンが危険な場所にいる。そんなことはとっくに気付いている。だが同時に、そこで育ったレイフォンにとって、それは当たり前のことだった。そんな異常《いじょう》な場所に居続《いつづ》けるからこそ、天剣授受者という存在がいる。これも当たり前のことだった。

おかしいなんて考えたことは、ツェルニに来るまでなかった。

(グレンダンがあそこに居続ける理由《りゆう》？)

考えたこともなかった。

「じゃ、もらっていくさ」

ハイアは一方的に会話を閉《と》じる。

レイフォンは動けなかった。

廃貴族《はいきぞく》を捕獲《ほかく》してグレンダンに運ぶのは、ハイアが当初からカリアンに言っていたことだ。どういう方法で捕獲するつもりなのか、それをカリアンが聞いていたのかどうかは知らない。

ハイアはディンごと廃貴族を運ぶつもりだ。それをカリアンが容認《ようにん》するのかどうか……レイフォンにわからないのはこの部分だし、ハイアの行動に反発を覚えているのもこの部分だ。

動けないレイフォンの背後《はいご》で気配が迫《せま》った。

「待てっ」

やってきたニーナがそう叫《さけ》んだ。

「ディン・ディーは連れて行かせないぞ」

「はっ、たかが一生徒の言葉なんて聞けないさ～」

「貴様《きさま》ら……ディンをグレンダンに連れて行って、どうする気だ？」

「さあね」

レイフォンと同じ質問にハイアは薄笑《うすわら》いを浮《う》かべた。

「ディンは確かに間違ったことをした。だが、それでも同じ学《まな》び舎《や》の仲間であることには違いない。貴様らに彼の運命を任《まか》せるなど、わたしが許《ゆる》さん」

鎖《くさり》でがんじがらめにされたディンが、向こうでまともな扱《あつか》いをされるとは思えない。

ニーナが鉄鞭《てつべん》を構《かま》えて言い放つ。

「ディン・ディーを放《はな》せ」

「……未熟者《みじゅくもの》は口だけが達者だから困るさ〜」

レイフォンたちとそれほど年齢《ねんれい》も違《ちが》わないはずなのに、ハイアはそんなことを言う。

「放さなかったらどうするつもりさ？　やりあうつもりか？　おれっちたちと？　ここにいる本物の武芸者たちと？　宿泊施設《しせつ》に待機《たいき》してるのも合わせて四十三名。サリンバン教《きょう》導傭兵団《どうようへいだん》を敵《てき》に回すって？」

数多くの汚染獣と戦い、同じだけ多くの人同士の争いにも関《かか》わってきた傭兵団だ。数そのものはツェルニにいる武芸者よりもはるかに劣《おと》るが、その技量は天地の差があると考えておかしくない。

なにより問題なのはツェルニの武芸者に心構《こころがま》えができていないことだ。不意を打たれれば誰だって弱い。それは武芸者も変わらない。特にツェルニの武芸科の生徒では戦いの経《けい》験《けん》量が違いすぎる。熟練《じゅくれん》の武芸者に不意を打たれればなすすべもなく殺されてしまうだろう。

ハイアたちはその混乱《こんらん》に紛《まぎ》れて悠々《ゆうゆう》とツェルニを去ればいい。乗ってきた放浪《ほうろう》バスも自前のものだ。足止めを恐《おそ》れる必要もない。

負けない自信がハイアの顔には張《は》り付いていた。

「お前も調子に乗るな」

剣帯《けんたい》に基礎状態《きそじょうたい》に戻《もど》した簡易型複合錬金鋼《シム・アダマンダイト》を戻しながら、レイフォンは呟《つぶや》いた。

「なにか言ったかい？　元天剣授受者」

揶揄《やゆ》の含《ふく》まれた呼び名にもレイフォンは動じない。隣《となり》にはニーナがいる。そのニーナが腹《はら》を決めてハイアに宣戦《せんせん》を布告《ふこく》した以上、レイフォンの気持ちは定まっている。

「お前たちの相手なら僕がする。サリンバン教導傭兵団四十三名。技の錆《さび》を落とすにはちょうどいい数と質だ」

レイフォンはもっとも天剣授受者らしい言葉を選んだ。

実際、それほど甘《あま》くはないだろうとは思っている。四十三名全員がレイフォンに集中するなんてことはありえないし、そうなればなったで、さすがにレイフォンも苦戦することだろう。

「グレンダンの外で培《つちか》ったとかいう、生温《なまぬる》い戦い方を見せてもらおうか」

それでも、レイフォンは続ける。

ハイアはそれでも余裕《よゆう》の表情を崩さない。しかし、他の連中はそうはいかなかった。声には出さないがわずかなざわめきの雰囲気《ふんいき》が空気に波を作った。

「レイとん……」

隣で、ナルキが息を飲み、ニーナが身を硬《かた》くしている。無音の敵意《てきい》が濃密《のうみつ》にレイフォンに絡《から》み付いてきていた。

(怒らせることはできた)

これで、少なくともすぐそばにいるニーナやナルキに危険《きけん》が及《およ》ぶ可能性《かのうせい》は減《へ》った。

(もう少し、可能性を上げないと……)

レイフォンは剣帯から錬金鋼《ダイト》を抜き出した。

簡易型複合錬金鋼《シム・アダマンダイト》ではない。

青石錬金鋼《サファイアダイト》だ。

つい先日、目の前のハイアに砕《くだ》かれて新調した青石錬金鋼《サファイアダイト》は、あの時と寸分《すんぶん》変わらない形をしている。腕《うで》への馴染《なじ》み方も変わらない。ただ、刀の後だとその馴染み方にも違和感《いわかん》があるし、自分がずれたような気にもなる。

だが、そのずれが今は必要だ。

天剣授受者だった頃《ころ》の自分を取り戻すためでもあるし、もう一つ理由がある。

予想通り、ハイアの表情から笑《え》みが消えた。

「人を馬鹿《ばか》にするのが上手《じょうず》さ～」

ハイアが刀を持たないレイフォンに怒《いか》りに似《に》たものを覚えているのは感じていた。そうでなければあんな挑発《ちょうはつ》はしてこないだろう。

そんなハイアの前で刀から剣に戻す。刀で戦うまでもないと、はっきりと言ってみせたに等しい行為《こうい》だ。

ハイアは若《わか》いながらにサリンバン教導傭兵団の団長という立場にある。それは十になるかならぬかで天剣授受者となったレイフォンと、どこか似《に》た境遇《きょうぐう》ということでもある。年齢《ねんれい》に見合わない地位にいることで自然と自分に向けられる侮《あなど》りと嫉妬《しっと》に対抗《たいこう》するため、必要以上に自分の実力を見せ付けなければ気が済《す》まなくなるし、プライドも高くなる。

侮りを放置することができないのだ。

レイフォンにもそういう気持ちがあったからわかる。以前、武芸科の授業《じゅぎょう》で先輩《せんぱい》たち三人を相手にした時にはグレンダンにいた時の癖《くせ》が残っていた。いまもなくなったとは思えない。

ハイアにもそれがあると思ったが、予想通りだったようだ。

「いいさ、お前をぶっ倒《たお》してグレンダンに帰れば、余《あま》った天剣を授《さず》けてもらえることになるかもしれないさ〜」

ハイアが剣帯から錬金鋼《ダイト》を抜いた。

鋼鉄錬金鋼《アイアンダイト》が即座《そくざ》に刀の形を取る。

剣を下げたままレイフォンは一歩前に出た。

「やめろ、レイとん」

背後でナルキが悲鳴にも似た声を上げた。

「サリンバン教導傭兵団といえばあたしだって聞いたことがある猛者《もさ》の集まりだ。無茶《むちゃ》だ。やめろ」

レイフォンが死ぬと思ったに違いない。その声は必死だった。

あえて聞こえない振りをして、レイフォンは距離《きょり》を取ってハイアの前に立った。青石錬《サファイアダ》金鋼《イト》の剣先で地面に文字を書くようにだらりと下げる。

「来い」

レイフォンの言葉にハイアが静かに刀を斜《なな》め上段《じょうだん》、八相《はっそう》に構《かま》えた。

「レイとん……」

それでも止めようと動くナルキを、ニーナが腕《うで》を摑《つか》んで止めた。

「やめろ、レイフォンに任《まか》せろ」

「なにを言ってるんです！」

「レイフォンなら大丈夫《だいじょうぶ》だ」

顔を赤くして怒鳴《どな》るナルキにニーナはそう繰《く》り返した。

「レイとんは強いかもしれないけど、相手はサリンバン教導傭兵団ですよ。勝てるわけがない」

ナルキだってサリンバン教導傭兵団の実力を目の当《ま》たりにしたことがあるわけではない。だが、相手はいくつもの都市を廻《まわ》り、戦場を往来《おうらい》してきた猛者の集まりだ。学生武芸者が太刀《たち》打《う》ちできる相手なわけでないぐらいはわかる。

「大丈夫だ。レイフォンを信じろ」

レイフォンがグレンダンで天剣授受者《てんけんじゆじゆしゃ》であった……と説明したところでナルキに通じるはずがない。天剣授受者の名は、他都市では知名度が低いのだ。どの都市にでも強い武芸者に与えられる名誉職《めいよしょく》や称号《しょうごう》はある。種類としては天剣授受者もまた、その一つに数えられることになる。

それに比《くら》べればサリンバン教導傭兵団はその名前だけでナルキを恐《おそ》れさせるぐらいの知

名度を持っている。

ニーナにできるのはナルキを止めて結果を見せるだけだ。

(しかし……)

それだけで終わらせる気はない。

レイフォンがしてくれているのは、いわば時間稼《かせ》ぎだ。うまい具合にハイアが挑発《ちょうはつ》に乗ってくれて、この場にいる傭兵団は動きを止めている。

この間にディンを救《すく》い出す方法を考えなければいけないのがニーナの役目だ。

(どうする?)

レイフォンとハイアの対決に意識《いしき》が集中しているからといって、捕《と》らえたディンへの注意を怠《おこた》っているとは思えない。ディンは鎖《くさり》でがんじがらめにされて身動きも取れないようで、縛《しば》る鎖はぴんと張り、たるむ様子はない。

そのディンの背後《はいご》には黄金色《おうごんいろ》をした雄々《おお》しい獣《けもの》がいる。

(あれが、廃貴族《はいきぞく》か)

レイフォンが廃都で目撃《もくげき》したという謎《なぞ》の生物。それを狙《ねら》ってハイアたちはやってきた。

それを捕らえてグレンダンに持ち帰ることがどういうことになるのか……それはニーナにはわからないが、持っていきたいのなら持っていけとも思う。

だがそれは、ディンを利用しないのならばの話だ。

「フェリ」

「なんです？」

ニーナの小声の呼びかけに、念威端子《ねんいたんし》越《ご》しのフェリはすぐに応《こた》えた。

「生徒会長《せいとかいちょう》と連絡《れんらく》はとってあるか？」

「一応《いちおう》は」

ハイアたちと取引をしたのはカリアンだ。

「繋《つな》げてくれ」

ニーナが頼《たの》むと、すぐに念威端子からカリアンの声が届《とど》けられた。

「状況《じょうきょう》はわかっているよ」

「こうなることは、予想していましたか？」

「廃貴族に対する情報提示《じょうほうていじ》を、彼は必要以上に拒《こば》んでいたからね。どういう捕《つか》まえ方をするのかまでは聞いていなかった」

(怠慢《たいまん》だ)

カリアンの言葉を聞いて、ニーナは腹《はら》が立った。だが、声は出さない。傭兵《ようへい》たちの意識をこちらに向けさせて、注意されるようなことになってはいけない。

「やっと、向こう側《がわ》は腹の内《うち》を見せた」

次にカリアンは明るい声でそう言った。

「学園都市で騒動《そうどう》を起《お》こす。学園都市連盟《れんめい》を敵《てき》に回してでも欲《ほ》しい価値《かち》があの廃貴族というものにはあるらしい。それはわかった。しかも、うちでは手に余《あま》るものらしい。持っていきたいのなら持っていけと言いたいが、それはディンごと持って行けという話ではないよ」

と、カリアンはさきほどのニーナの行動を認《みと》めた。

「では、どうするんです？」

解決《かいけつ》すべき問題はこれだ。

「問題なのは彼だね。どうにか廃貴族を彼から引き剥《は》がせないものか。それが一番の解決方法なのだけれどね」

「しかし、それにはまず、どうしてディンを選《えら》んだのかを知らなければ……」

「それなら、わかります」

フェリが淡々《たんたん》と言葉を挟《はさ》んだ。

「どういうことだ？」

「ハイア自身が言っていました」

『志《こころざし》が高くても実力が伴《ともな》わない半端者《はんぱもの》ばかり』

ディンを捕まえた時にハイアはそう言った。

「廃貴族が取り憑《つ》く基準《きじゅん》は思想的なものではないでしょうか？　暴走《ぼうそう》した都市《とし》精霊《せいれい》ということですから、思想とは都市を守護《しゅご》する、それに類似《るいじ》するものではないかと」

「ディンに憑いたのは、都市を守護しようとしているから……か？」

しかし、それならなぜこの局面でディンを選んだのか。

ニーナにだってその気持ちはある。カリアンもそうだろう。

それなのに、なぜディンだったのか。

「それは、極限《きょくげん》状態にあったからではないでしょうか？　レイフォンによって敗北した時点で、ディンの心理は自分が都市を守護しなければならないという使命感を露《あらわ》にしました。使命感は以前からあったでしょうが、それがもっとも強くなったのがあの瞬間《しゅんかん》だったのではないかと……」

「ふむ……」

フェリの意見を反芻《はんすう》するように、カリアンが唸《うな》った。

「汚染獣《おせんじゅう》に都市を破壊《はかい》された精霊……か。使命感を折られようとしているディンに共鳴したということも考えられるな」

「しかしそれでは、現状、ディンから廃貴族を取り除《のぞ》くことは不可能《ふかのう》では？」

ただの思いの強さならニーナだって負けるつもりはない。しかし敗北者としての共感がディンと廃貴族を繋《つな》げているのなら、ニーナには付け込む隙《すき》がない。

「それなら、彼の心をもう一度折るしかないだろう」

カリアンの言葉が冷酷《れいこく》に響《ひび》いた。

「都市の守護に執着《しゅうちゃく》している彼の心が廃貴族を宿らせている。それなら、彼のその使命感をもう一度折ってしまう。言い方を変えれば、彼に使命を諦《あきら》めてもらう」

「しかし、どうやって……」

「方法は、こっちに任《まか》せてくんねぇかな？」

新たな声が会話に割《わ》り込《こ》んだ。

「シャーニッド？」

シャーニッドとダルシェナがすぐそばにまで来ていたが、声は念威端子を通してのものだ。傭兵団《ようへいだん》を刺激《しげき》しないように慎重《しんちょう》に近づいてきている。

「方法があるのか？」

「やってみなくちゃわかんねぇ」

ニーナの問いに、シャーニッドが肩《かた》をすくめる。シャーニッドは体中に傷《きず》を負っていた。

一方のダルシェナは、戦闘衣《せんとうい》は砂塵《さじん》で汚《よご》れているが怪我《けが》らしい怪我はない。その様子を見れば、戦いがダルシェナの勝利で終わったのだろうと思えた。

そのダルシェナはディンを見つめている。

鎖《くさり》に縛《しば》られながら気絶《きぜつ》している様子もないのに抵抗《ていこう》らしい抵抗をしないディンを見るダルシェナの横顔に、ニーナは胸を衝《つ》かれた気分になった。

まるで鏡にでもなったかのようなディンの不可思議《ふかしぎ》な光り方をする目は地面を見つめている。

そんなディンを見つめるダルシェナの横顔は痛々《いたいた》しかった。

「できるのか?」

やろうとしていることは、ディンの目的意識を根こそぎ根絶することだ。それは使命一途《いちず》で生きている人間にとっては命を絶《た》たれることに等しい。

そんな真似《まね》を、ディンをよく知るこの二人にやることができるのか?

「やるしかねぇだろう」

シャーニッドがそう答える。苦笑《くしょう》でごまかした表情の奥《おく》に底の深い穴《あな》のような雰囲気《ふんいき》があった。

ニーナはダルシェナも見る。

「やるさ」

ダルシェナは短くそう言ったきり、後は口を開かなかった。

†

レイフォンとハイアは睨《にら》み合ったきり、動いていなかった。

二人の間には十歩ほどの距離《きょり》が開いている。活勁《かっけい》を走らせた運動能力《のうりょく》なら一瞬《いっしゅん》で埋《う》めることのできる距離だが、どちらも身じろぎしない。

一撃《いちげき》で片《かた》を付ける。二人ともにそういう気持ちがあった。レイフォンは最初からそのつもりで、ハイアはそれに対抗《たいこう》する気のようだ。

実際、一撃に全《すべ》てをかけようとしている相手に乱戦《らんせん》を望んでうかつに飛び込めば、たとえ相手の技量《ぎりょう》が格下《かくした》であっても手痛《ていた》い目にあうことになりかねない。ハイアとしては受けて立つしかないのが事実でもある。

二人の間で、空気が固体化したように張《は》り詰《つ》めていた。

レイフォンとしては時間を稼《かせ》ぐ意味でも、背後に控《ひか》えている傭兵団を威圧《いあつ》する意味でもこの緊迫感《きんぱくかん》を必要としていた。武芸者によくある高速での乱戦は見た目は激《はげ》しいが、それだけに他者が動く隙《すき》を与《あた》える。

時間を稼ぎ、ニーナたちにディンを救《すく》う活路を開いてもらわなければならない。

今の状況まで持ち込めたことで、レイフォンの思惑《おもわく》は成功だ。

（後は……）

ハイアに勝つ。

勝たなければ、結局傭兵団の意気を上げてしまい、ディンを連れ去られてしまうことになる。

なにより、勝ちたいと思っている自分がいる。

誰《だれ》かに勝つ。

天剣授受者《てんけんじゅじゅしゃ》になるために多くの試合に出ていた時にも思ったことのない気持ちだった。

試合に勝つのではなく、個人《こじん》を相手に勝ちたいと思う。

（憎《にく》しみかな？）

自分のその気持ちを、レイフォンは冷静に見据《みす》えようとしていた。ハイアの性格《せいかく》はお世《せ》辞《じ》にも良いとは言えない。挑発《ちょうはつ》する言葉にはあからさまな毒《どく》が含《ふく》まれている。

「……どうして、刀を収《おさ》めたさ？」

不意にハイアが口を開いた。

無言の中でも戦いがあった。ハイアは八相、レイフォンは剣を下げたままの格好《かっこう》で相手のわずかな筋肉《きんにく》の変化、勁《けい》の流れから攻撃《こうげき》を読んで、迎《むか》え撃《う》つ姿勢《しせい》へ持っていくように体を準備《じゅんび》する。それを受けて相手がまた別の攻撃方法に変える。それをずっと繰《く》り返している。

そんな中で、ハイアが聞いてきた。

サイハーデンの技《わざ》を自在《じざい》に使う。それもまたレイフォンがハイアを目障《めざわ》りに思う理由の一つだ。

自分が苦しんで使わないと決めたものを、すぐそばで使われるのは辛《つら》い。

ハイアもそれをわかっているから、ことさらサイハーデンの名前を出してレイフォンを挑発していた。

「刀はお前の本領《ほんりょう》さ。それをどうして捨《す》てるさ〜?」

「代償《だいしょう》だよ」

そう呟《つぶや》くレイフォンは天剣を授《さず》かり、それをどのような形にするか技術者《ぎじゅつしゃ》に聞かれた時のことを思い出した。あの時も「なぜ?」と聞かれた。いまよりもはるかに幼《おさな》かったレイフォンはただ無言でそうするように押し通したが、今回は口を開く。

「裏切《うらぎ》ったのになにも失わないのは、おかしいじゃないか」

あの時、自分がこれからしようとすることは、武芸者《ぶげいしゃ》としての潔癖《けっぺき》に徹《てっ》していた養父《ようふ》の目から見れば裏切りに映《うつ》るに違《ちが》いないとレイフォンは感じていた。なにより、そんな養父に育てられたレイフォン自身、自分がこれからやろうとすることは汚《きたな》いことだと思っていた。しかし、汚いからやらないでは、どうしようもないと考えたレイフォンは闇《やみ》試合にも手を出すようになる。汚いか汚くないかと、正しいか正しくないかの考え方は似《に》ているようで違うと今でも思っている。

それがレイフォンと養父の違いで、だからこそレイフォンは養父を裏切ったと感じていた。

「そんな都合《つごう》のいい話はない」

「お前は馬鹿《ばか》さ」

レイフォンの考えを、ハイアが切り捨てる。

「戦いで生き残るのに、一番のものを使わないでどうするさ？　戦場を舐《な》めきってる愚《おろ》か者の吐《は》く言葉さ」

ハイアのその言葉にはレイフォンも納得《なっとく》できるものがあった。

それでも、首を振る。

「そうすると決めたからそうする。信念っていうのはそういうもののはずだ」

不意に、背後《はいご》のディンのことが頭に浮《う》かんだ。都市を守ろうと決めたのに力が足《た》りない無念さが違法酒《いほうしゅ》に手を伸《の》ばさせた。

それはハイアの言葉に沿《そ》っている。

しかし、ディンはダルシェナを違法酒に近づかせなかった。彼女に違法酒を飲ませれば第十小隊はもっと強くなったのに、だ。

矛盾《むじゅん》している。

矛盾しているけれど、ディンはそうしたのだ。そうすることがディンの信念の中に自然と組み込《こ》まれていたはずだ。

「誰《だれ》のためでもない戦いをしている奴《やつ》には考えつかないことさ」

「……良く言ったさ」

ハイアの言葉が止まった。

レイフォンも雑念《ざつねん》を捨《す》てて剣《けん》に集中した。

お互《たが》い、狭間《はざま》に置かれた固体化した空気の中で想像《そうぞう》の剣技《けんぎ》刀技をぶつけ合う。

実際に動いた時には勝負が決する。

依然《いぜん》、レイフォンがやや不利だ。

レイフォンはハイアに勝つべくして勝つように見せなければならない。そうでなければ傭兵《ようへい》たちの意気が下がらないばかりか、団長でもそこまで戦えると思わせる結果になる。

外へ出たといっても、傭兵たちのほとんどはグレンダンの出身者だ。天剣授受者《てんけんじゅじゅしゃ》がどんなものかは知っているはずだ。

レイフォンが勝つのは当たり前。そんな空気の中での辛勝《しんしょう》はハイアに有利に動く。

しかし実際、ハイアはそこまで甘《あま》くはない。

以前に剣を合わせてみて感じたが、ハイアは天剣授受者になれるかもしれない実力者だ。

刀でやり合ったとしてもこんな状況では勝敗がどう転ぶかはわからない。

レイフォンは慎重《しんちょう》に様々な攻《せ》めを頭の中で凝《こ》らす。その度《たび》にハイアもまたこちらの勁《けい》に反応《はんのう》してみせる。

(なかなか動けないな)

そう思った瞬間に、機がやってきた。

背後で誰かが大きく動いた。気配は二つ。レイフォンの背後を駆《か》け抜《ぬ》けディンへと向かっている。

ハイアの目が、一瞬だがそちらに向いた。

動きに気付いた傭兵団のざわめきを引き裂《さ》くようにレイフォンが前に出る。

ハイアもほぼ同時に出た。

タイミングとしてはまだ取り戻《もど》せる速度だ。

だが……

息《いき》が届《とど》く距離《きょり》にまで迫《せま》った二人はそれぞれに剣と刀を振《ふ》るった。

ハイアが上段《じょうだん》から刀を振り下ろし、
レイフォンは斜《なな》めに剣を振り上げる。

高速で突進した二人は、そのまま火花を散《ち》らして行き過ぎると、お互《たが》いの位置を逆転《ぎゃくてん》させた。

レイフォンが剣をゆっくりと下ろす。レイフォンの顔の右半面《はんめん》には無数の切り傷《きず》ができ、そこから血が勢《いきお》いよく吹いた。

血塗《ちまみ》れた顔で傭兵たちが動かないように威圧《いあつ》するレイフォンの背後で、ハイアが呻《うめ》いた。

「くそう……」

レイフォンの剣はハイアよりも速かった。ハイアは咄嗟《とっさ》に斬閃《ざんせん》を外《はず》そうと剣を打ち払《はら》うべく軌道《きどう》を変えた。

だが、刀が剣に触《ふ》れた瞬間に、見る間に崩《くず》れていった。

外力系衝剄《けいしょうけい》の変化、蝕壊《しょくかい》。

初めて剣を交えた時にハイアが使った武器破壊《はかい》の技だ。レイフォンの顔の傷は砕《くだ》けた錬《ダ》金鋼《イト》の破片《はへん》でできたものだった。

レイフォンの剣は軌道を塞《ふさ》ぐ刀を破壊し、ハイアの胴体《どうたい》に打ち込まれていた。

音を立ててハイアが倒れる。

「くっ……」

息はある。レイフォンの剣は安全装置《そうち》がかかっていて刃《は》引《び》きされた状態《じょうたい》だ。斬《き》れない。

それでも肋骨《ろっこつ》は折《お》れ、内臓《ないぞう》が損傷《そんしょう》しているに違いない。

血を吐《は》いて気絶《きぜつ》するハイアを背に、レイフォンは傭兵団を威圧し続けた。

†

先を走るダルシェナの背を、シャーニッドは見つめながら走った。

ディンにただ一言を届《とど》ける。ただそれだけのために。

あいつの心は不確かだ。シャーニッドはそう思う。あいつがシャーニッドたちと第十小隊に入ったのは、あの人の志《こころざし》を引き継《つ》ぐためだ。大好きな都市のためになにもできなかったと泣く彼女の心を継ぐために入った。

決して、あいつ自身がそう望んでいたわけじゃない。好きな女の望みをかなえてやりたかっただけだ。

そんなディンが、いつから自分自身の意思でツェルニを守ろうと思ったのかは、シャー

ニッドでさえわからない。

ダルシェナはわかっていたのか？　……いや、ディンの本心を知らないことにしておいたダルシェナにもわからなかっただろう。

いつからだ？　シャーニッドがいた時からか？　それとも去ってからか？

生真面目《きまじめ》なあいつのことだ。きっとそう念じ続けることで自分自身の思いにしてしまったのだろう。

廃貴族《はいきぞく》とかいう不気味《ぶきみ》な存在《そんざい》に取り込まれてしまうほどに。

だが、あいつはもう止めないといけない。

進み方を間違《まちが》えたのだ。引きずり戻さなければいけない。

疾走《しっそう》を続けるシャーニッドは、背中を冷たい感覚に襲《おそ》われて振り返った。

「シェーナっ！」

咄嗟《とっさ》に叫《さけ》んで、シャーニッドは横に飛びのいた。

いままでシャーニッドのいた場所に鋭《するど》い衝剄《しょうけい》の塊《かたまり》が突《つ》き刺《さ》さり、爆発《ばくはつ》した。

剄で形作られた矢だ。ハイアに命じられたミュンファがディンに近づくものを射《い》るように命じられて待機していたのだが、シャーニッドにはわからない。

狙撃《そげき》だ。どこから？　シャーニッドは視線をめぐらせる。

ダルシェナは背後にかまうことなく疾走を続けている。シャーニッドは剣帯《けんたい》から錬金鋼《ダイト》を抜《ぬ》き出し、復元《ふくげん》させた。軽金錬金鋼《リチウムダイト》の狙撃銃。

昔と変わらない。ダルシェナの進撃《しんげき》を阻《はば》む者は、シャーニッドとディンで排除《はいじょ》する。二射《にしゃ》されたことで、シャーニッドは相手のおおよその位置を把握《はあく》できた。すばやくフェリからも情報が入る。活剄で強化された視力《しりょく》がミュンファの姿を捉《とら》えた。

ミュンファはすでに三射目を構《かま》えている。

シャーニッドとミュンファの視線は交錯《こうさく》しなかった。

シャーニッドの足は止められた。

ならば次は……

「シェーナっ！」

もう一度叫んで、シャーニッドは銃爪《ひきがね》を引いた。

ミュンファもまた弦《げん》から指を放して矢を放つ。

「くっ……」

呻《うめ》き、結果を確かめる暇《ひま》もなくシャーニッドは立ち上がった。

いままでなら、シャーニッドとディンでダルシェナを守ってきた。シャーニッドがだめならディンが、ディンがだめならシャーニッドがダルシェナを守った。

だがいま、ダルシェナの背にいるのはシャーニッド一人だ。

間に合わない。そう思いながら射線《しゃせん》を遮《さえぎ》ろうと自分の体をそこに割《わ》り込《こ》ませる。

「……そうっ」

その背を守ることが、あの頃《ころ》のシャーニッドの喜びだった。ディンと二人、ダルシェナの進む先になにかがあるのだと、フラッグなんて味気のないものじゃない別のなにかがあるのだと思っていた。シャーニッドはそこに恋《こい》を重ね、ディンはそこに誓《ちか》いの達成を重ねていた。

だからこそ、二人ともダルシェナを大事なものとして扱《あつか》った。

ディンの不正に気付きながらなにもできないでいるダルシェナを、シャーニッドは笑えない。

彼女が証拠《しょうこ》を摑《つか》んでしまったらどうすればいいのか？　……第十小隊からすでに離《はな》れているのにそんなことを心配して毎夜、形ばかりの捜査《そうさ》の真似事《まねごと》をするダルシェナの後ろに付いていたシャーニッド自身をこそ笑うべきだ。

だが、だからこそ……違法酒《いほうしゅ》に手を伸《の》ばしながらダルシェナに近づかせなかったディンのように、シャーニッドもこの事でダルシェナが必要以上に傷《きず》つかないようにすることこそが、自分の役割《やくわり》だ。

「間に合えよっ！」

生温《なまぬる》い速度の中で、シャーニッドは叫んだ。

そんなシャーニッドの目の前を影《かげ》が走りぬける。

「ニーナ！」

ニーナはシャーニッドよりも早くダルシェナの背後に立つと矢の軌道《きどう》を遮った。衝剄《しょうけい》の凝縮《ぎょうしゅく》された矢がニーナの胸《むね》に吸《す》い込まれていく。

爆発がニーナの全身を覆《おお》う。

シャーニッドは息を飲んだ……が、すぐに吐《は》き出した。

内力系活剄《かっけい》の変化、金剛剄《こんごうけい》。

爆煙《ばくえん》を振《ふ》り払《はら》って立つニーナの姿《すがた》が目の前にあった。

（そうだよな）

フェリが、ミュンファが倒《たお》れたことを告《つ》げるのを聞いて、シャーニッドはその場で尻餅《しりもち》をついた。

脱力《だつりょく》したままダルシェナの背中を見る。

シャーニッドの仕事はこれで終わったのだ。

（おれにはもう、新しいのがいたんだよな）

第十七小隊……それがいまのシャーニッドの居場所《いばしょ》なのだ。

どうあがこうと、それがシャーニッドの選んだ新しい場所なのだ。

(昔のようにはいかないよな)


ディンの前に辿《たど》り着いたダルシェナはその背後に控《ひか》える黄金《おうごん》の牡山羊《おやぎ》に圧倒《あっとう》された。

曲がりくねった太い角を頂《いただ》き、長い毛に覆《おお》われて悠然《ゆうぜん》と立つその姿には全身が痺《しび》れるような威厳《いげん》が放たれている。

有無《うむ》を言わせぬ威圧感《いあつかん》もまたあった。普段《ふだん》のダルシェナなら思わず膝《ひざ》を折《お》ったかもしれない。

だが、これがディンをこんなにした。

そう考えると、ダルシェナは牡山羊を睨《にら》み返し、鎖《くさり》で縛《しば》られたままのディンの前で膝を付いた。

「ディン」

呼びかける。ディンの瞳《ひとみ》は意思を宿さない鏡のような光り方をして、ダルシェナの息を飲ませた。

そして、周囲にあるむせ返るような勁《けい》。慣《な》れ親しんだディンのもののようにも思えるが、なにか別のものが混《ま》ざっているようにも感じる。違法酒《いほうしゅ》のためか？　いや、それならダルシェナはもっと早く気付けたはずだ。

「ディン」

もう一度呼びかけた。ディンがわずかに自由になる首を動かしてダルシェナを見上げた。

その瞳にはやはり、なんの感情も浮《う》かんでいない。

だが、声に反応《はんのう》した。

言葉は届《とど》く。

「ディン……」

なら、届けなければいけない。ディンを救うために、終わらせるために。

「ディン……わたしたちは終わった」

ダルシェナの言葉に、ディンはそれ以上反応を示さない。ただ乾燥《かんそう》した瞳だけがダルシェナを映《うつ》していた。

「もう、これ以上戦う必要はない。わたしたち以上の連中がいる。わたしたちと同じことを考えてくれている人がいる。彼らに任《まか》せても、わたしたちは誓《ちか》いを破《やぶ》ったことにはならない」

不意にダルシェナの脳裏《のうり》に昔の記憶《きおく》が蘇《よみがえ》った。初めて三人で出会ったときのこと、チームワークの研究《けんきゅう》で一晩《ひとばん》を明かしたこと、第十小隊に入った時のこと、初めての試合を勝利で飾《かざ》った時のこと。

素晴《すば》らしい日々だった。

ずっと、あんな日が続くと思っていたのに……

「お疲《つか》れ様。もう、いいんだ」

喉元《のどもと》に上がった熱が唇《くちびる》を震《ふる》わせる。瞳から涙《なみだ》が零《こぼ》れ、止まらなくなった。

「ディン……」

もう一度呼びかけた。

「愛していたよ」

この都市のために三人で戦おう。

あの日の誓いが、ダルシェナの気持ちを封《ふう》じ込めた。ディンの気持ちが卒業していった先輩《せんぱい》にいまだある以上、この感情は誓いを壊《こわ》すとわかっていたからだ。シャーニッドが去ったことで壊れかけた誓いを守るために、ダルシェナはさらに強固に自分の気持ちを奥底《おくそこ》に押し込んでいた。

それを解《と》き放《はな》つ。

「愛していた。そして、さようならだ」

震える唇で言葉を紡《つむ》ぐ。
ディンの瞳から、一筋《ひとすじ》の涙が流れた。
黄金の牡山羊が音もなく姿を消した。

エピローグ

女王に謁見《えっけん》した翌週《よくしゅう》の休日、リーリンはデルクに従《したが》って墓地《ぼち》に来ていた。

アルモニスに渡《わた》されたデルクの兄弟子《あにでし》の遺品《いひん》を納《おさ》める墓《はか》ができたのだ。

リュホウ・ガジュ。墓碑《ぼひ》に記《しる》された名前を、リーリンはなんの感動もなく読んだ。知らない人だ。だが、知らないから心を動かすことができないのではなく、その人物の歩んだ人生と、女王アルモニスの言葉を思い出して、リーリンは心を動かすまいとしていた。

サイハーデンの技《わざ》を受け継《つ》いだ人間は都市の外へと出て行く運命にあるようだ。

アルモニスはそう言った。デルクから技を習《なら》ったレイフォンもそうだと言ったのだ。

その言葉を否定《ひてい》したい。

だが、目の前には異郷《いきょう》の地で戦って死んだデルクの兄弟子の墓がある。

そうなのかもしれないと思ってしまいそうで、たまらない。

デルクの長い黙禱《もくとう》が終わるのを横で黙《だま》って待ち、それが終わると養父に従って墓地を出た。

「リーリン」

墓地からの道のりをリーリンは黙って歩いていた。デルクも口数の少ない方で、ただ静かにこのままデルクが仮住《かりず》まいをしている家に行くことになると思っていた。

口を開いたことに、わずかに驚《おどろ》いた。

デルクは足を止め、振《ふ》り返ってリーリンを見た。

その手には布《ぬの》に包《つつ》まれた木箱がある。墓地に来た時からずっとその手にあった。リュホウという人物の形見なのだと思っていたのだが。

それをリーリンに差し出してきた。

「これをレイフォンに渡してくれないか」

「え？」

渡された木箱には覚えのある重さがあった。そう、ちょうど錬金鋼《ダイト》のような。リーリン自身は武芸者ではないので自分のものなど持っていないが、養父《ようふ》とレイフォンが武芸者なのだ。触《さわ》る機会は何度もあった。

「それは、レイフォンに渡すために用意しておいたものだ。サイハーデンの技を全《すべ》て伝授《でんじゅ》した証《あかし》としてな」

デルクが遠い目をしてそう呟《つぶや》く。

「教えることがなくなるのは早かった。その時に渡してもよかったのだが、できればもう少し成長してからと思っていた。渡す機会は失ってしまったがな」

自嘲気味《じちょうぎみ》にそう笑う。

一瞬《いっしゅん》、それはレイフォンがグレンダンを追放されたからかと思った。

だが、すぐに違うと思った。天剣授受者《てんけんじゅじゅしゃ》になった時に渡してもよかったはずなのに、デルクはそうしなかった。

(剣《けん》を持ったからだ)

今頃《いまごろ》になってとはいえ、そのことに気付けたのは自分自身で武術《ぶじゅつ》を習わなくてもそれを見て育ってきたからだろう。

「あいつ自身が継《つ》ぐのを拒《こば》んだ。天剣授受者となって増長《ぞうちょう》したか……そうも思ったが、違ったな。あいつはわしを裏切《うらぎ》ったから贖罪《しょくざい》のつもりで継がなかったんだ」

闇試合《やみじあい》とそれにまつわる顛末《てんまつ》……つい先日、レイフォンの過去に関《かか》わる人物を交《まじ》えた事件《じけん》に遭遇《そうぐう》したばかりで、あの時の気持ちがすぐに胸《むね》にこみ上げてくる。

「あいつは生真面目《きまじめ》だ。きっと、いまでもわしの伝えた技を使わずにいることだろう。あいつには許《ゆる》しが必要だ。誰《だれ》のものでもない、自分自身で許さなければならん」

「父さん……」

「お前は、レイフォンと手紙のやり取りをしていたな。あいつの居場所《いばしょ》も知っているのだろう。渡《わた》してくれ。郵送《ゆうそう》でもかまわんが、直接《ちょくせつ》渡しに行ってもいいぞ」

「……え？」

レイフォンと会う。その大義名分《たいぎめいぶん》ができた。

そのことに一瞬だがリーリンは喜んだ。

だが、すぐに首を振る。

「できないよ。学校があるもん」

グレンダンからツェルニへ行き、そしてまたグレンダンに帰るとなれば最低でも半年は学校を休まなければいけなくなる。都市の位置が悪ければ一年、二年と延《の》びたっておかしくないのが外の世界へと出るということだ。

そんなにも学校を休めない。

それに、旅ともなればやはり出費がある。

「レイフォンが残してくれたお金を、そんなことには使えないよ」

そう言ったリーリンの頭に、デルクが手を置いた。

「……父さん？」

「お前もレイフォンも、わしの悪いところばかり似《に》たな。生真面目すぎる。生真面目さで自分を殺してもいいことは何もないぞ」

「わしだって、リュホウとともに都市の外へと出たかった」

デルクの言葉に、リーリンは口を閉じた。

「しかし、わしの生真面目さがそれを許《ゆる》さなかった。わしらの師匠《ししょう》はあの当時、汚染獣《おせんじゅう》との戦傷《せんしょう》が原因《げんいん》で余命《よめい》いくばくもなかった。後を継ぐ者が必要で、それができるのはわしかリュホウだけしかいなかった。故郷《こきょう》を捨《す》てて外へ出たいと願うのは、成熟《せいじゅく》した武芸者《ぶげいしゃ》にとってはわがままだ。そのわがままを押し通したのがリュホウで、わしにはできなかった」

自分の気持ちを押し殺して、正しいと思うことをする。

その部分で、デルクとレイフォン、そしてリーリンは似ていると言う。

「あの時の選択《せんたく》が間違《まちが》っていたとは思わん。レイフォンという才能《さいのう》を育てることができたのは、武門《ぶもん》の主《あるじ》として最高の誉《ほま》れだ。だが、それでも……」

デルクは一度ためらいがちに言葉を止め、リーリンの頭を撫《な》でた。

「あの時に責任感《せきにんかん》も真面目さも全て捨て、都市の外へ行ってみたいという欲《よく》に従《したが》えばどうなったか……それを知りたかったと思う気持ちも捨てられない。お前たちにそんな未練は残させたくない」

「父さん……」

「でも……」

「学校や旅費のことを心配しているのなら、それは余計《よけい》なことだ。行きたいと思うなら、行け。このままレイフォンを待って心をすり減《へ》らすことが、おまえにとって良いことになるとは思えん。このまま切り捨《す》てるか、それとも改めて確かめるか、それを決めろ」

そう言ったデルクはリーリンの手に移《うつ》った木箱の表面を撫でると、そのまま歩き出した。

リーリンに来いとは言わない。このまま一人で考える時間を与《あた》えたのだろう。

「レイフォン……」

会えるかもしれない。

だけど……

この都市を出ることが、会いに行くことが、今のリーリンが本当にしたいことなのか……

立ち尽《つ》くしたリーリンは答えを見つけられず、ただ木箱の重さに戸惑《とまど》った。

†

砂煙《すなけむり》が去った頃《ころ》にはグラウンドから傭兵団《ようへいだん》の姿はなくなっていた。

黄金《おうごん》の牡山羊《おやぎ》……廃貴族《はいきぞく》がいなくなったのだ。彼らがここにいる理由はない。気絶《きぜつ》したハイアを背負《せお》って傭兵団《ようへいだん》は即座《そくざ》にこの場から去っていった。

ニーナたちはそれを黙《だま》って見守った。止める理由はない。ただ、彼らがこれからどうするのか、それは気になった。

（それは、今考えても仕方ないか……）

サリンバン教導《きょうどう》傭兵団との対立……偶然《ぐうぜん》に都市に迷《まよ》い込んだ廃貴族のためにできあがった関係図だ。解決まで偶然に頼《たよ》るわけにはいかないが、だからといってすぐに解決できるものでもない。

（問題ばかりが積《つ》まれていっている気がするな）

虚脱《きょだつ》した気分で、ニーナはそう考えた。

それでも、一歩ずつ問題解決《かいけつ》に進んでいると信じる。信じるしかない。自分の信じるツェルニを救《すく》う道が、ディンのような自滅《じめつ》の道ではないことを祈《いの》るばかりだ。

そう願わずにはいられない。

砂煙が去ったことで、グラウンドの状況《じょうきょう》が観客たちの目に明らかになる。

ディンを束縛《そくばく》する鎖《くさり》もすでになく、ただ地面に倒《たお》れている姿が露《あらわ》になる。

試合は第十七小隊の勝利。誰《だれ》にでもはっきりとわかる結果だ。

終了《しゅうりょう》のサイレンが鳴り、司会の女生徒が叫《さけ》んでいるのが聞こえる。観客たちの歓声《かんせい》には、試合の経過《けいか》が見られなかったことへの不満が宿っているような気がした。

「レイフォンっ！」

歓声の降《ふ》り注《そそ》ぐグラウンドにその声が走った。

見れば、そんな歓声を無視《むし》して錬金鋼《ダイト》を剣帯《けんたい》に戻しているレイフォンに、小柄《こがら》な姿が駆《か》け寄《よ》っていっている。

銀の髪《かみ》をなびかせて走るその姿はフェリのものだ。

その横顔を見て、ニーナは驚《おどろ》いた。フェリの無表情がわずかに崩《くず》れている気がしたのだ。

「大丈夫《だいじょうぶ》ですか？」

半面を血で汚《よご》したレイフォンに駆《か》け寄ると、フェリは手に持った救命キットで止血を行おうとする。

「大丈夫ですから」

レイフォンは慌《あわ》ててフェリの手を拒《こば》むが、彼女は強引《ごういん》に消毒液《しょうどくえき》に浸《ひた》した脱脂綿《だっしめん》で顔の傷《きず》を拭《ぬぐ》った。

なすがままにされるレイフォンとフェリの図が出来上がる。

（まったく……）

その光景に胸《むね》を衝《つ》かれたニーナは、砂粒《すなつぶ》を含《ふく》んで硬《かた》くなった髪をかきあげて空を見上げた。

（問題は積みあがるばかりだ）

内にも外にも。

ニーナの心にも、だ。

胸に走った痛みの所在《しょざい》をあえて無視《むし》しようと、ニーナは拳《こぶし》を握《にぎ》り締《し》めた。

あとがき

食玩《しょくがん》「GUNDAM ADAPT」……メタスが出る前にコンビニから姿《すがた》を消しました。
雨木《あまぎ》シュウスケです。な、泣いてなんかいないからね！

四巻《かん》です。ついに年四冊《さつ》を達成《たっせい》してしまいました。来年は五冊でしょうか？ そうなると再来年は六冊……年毎《としごと》に一冊ずつ増やして……だめです、きっと死にます。隔月刊《かくげっかん》雨木ぐらいは挑戦《ちょうせん》してみたいですが、月刊雨木はきっと心折れます。いまでさえ買ったゲームがちゃんと消費《しょうひ》できてません。

ゲームといえばPS3が出ますね。みなさん買います？ 悩《なや》みますねあの値段《ねだん》は。玩具《がんぐ》から家電の領域《りょういき》にいってしまうのは個人的にはどうかな〜？ と思ってしまうので、おそらくお手ごろ価格《かかく》の廉価版《れんかばん》が発売されるのを心待ちにすることになると思います。

値段といえばFC時代のコーエーゲームは高かったな〜。あの頃《ころ》は本当に手が出なかった。SFCぐらいからかな？ 値段が他のゲームと変わらなくなったのは……コーエーゲームといえば「信長の野望」、「三国志」の両シリーズですね。いまなら「無《む》双《そう》シリーズ」なんかもありますけど。歴史物として戦国時代は好きなんですけど、ゲームとしては「三国志」の方が好きですね。Ⅷが個人的には一番好きです。新武将でうろちょろできるから。「三国志Ⅹ」はそういうところで強化されてはいたんですが、できるなら「太閤立志伝《たいこうりっしでん》Ⅴ」並にうろちょろできたらもっと面白《おもしろ》かった。

なにが言いたいかと言うと、コーエーゲームがけっこう好きなわけです。

あとがきに書けるようなおもしろイベントがプライベートで起こってればいいんですが、ないです。困ったもんだ。


『レディオな話』

「鋼殻のレギオス」がラジオドラマになります。ついに声が付きます。感無量です。急展開なこの一年を締《し》めくくるドッキリです。「ごめん、ほんとにドッキリ……」とか言われたらマジ泣きますよ？

放送される番組はこちら。

AM1314
OBSラジオ大阪　毎週日曜二十三時～二十三時三十分

「富士見ティーンエイジファンクラブ」

十一月以降の放送となります。

（編集部・註《ちゅう》 放送スケジュールは富士見書房のHPや雑誌等でご確認ください）

地域《ちいき》によっては聞けないということがあるかもしれませんが、そういう場合はこちらのアドレス。

http://www.fujimishobo.co.jp/radio/

放送後数日おいて順次《じゅんじ》配信となっておりますのでこちらもよろしくお願いします。

『見所な話』

今回の見所は坊主《ぼうず》と縦《たて》ロールです。

特に縦ロール。さすが深遊《みゆう》さんイメージ通りです。グッジョブ！

そして予想以上にこの子だけ空気が違うぜHAHAHAHAHA!!（アメリカン風味）

『ドラマガな話』

現在ドラゴンマガジン本誌で「レギオス」の短編が連載《れんさい》されています。すでに発売されている第二話なんかは一部、この巻に反映《はんえい》されていますし、三話も五巻に影響《えいきょう》を与《あた》えることでしょう。

読んでおいて損《そん》はないですから、買ってください。いや、まじでお願いします。読んでなくても問題ないようにしてますけど、読んでたほうが楽しいですよ。

きっとね。きっと……

そして、これを書いている現在は一話が出たばかりでまだ評価《ひょうか》のほどはわかりませんが、好評の場合には四話以降も出ちゃったりするかもしれません。ドラマガ編集部さんと読者のみなさんのさじ加減《かげん》一つですんでアンケートの方、よろしくお願いします。

『次の話』

次は五巻ですね。一月に予定しています。今年の仕事はこれで終わり～といきたいですけど一月発売なら今年中にやらないといけませんね。それが終わらないと年が越《こ》せません。

終わっても年が越せるかわかりませんが……

予告

残る試合は第一小隊だけとなった。最大の難関《なんかん》でもあるこの試合に勝つ、と中止した合宿計画を再開して意気が上がる第十七小隊に思わぬ落とし穴が。

自らの立ち位置を改めて振り返るレイフォンは一人荒野《こうや》に立つ。

そして、リーリンの選択《せんたく》は。

次回、鋼殻のレギオスV　エモーショナル・ハウル

お楽しみに。

読者様及《およ》び関係者の方々に変わらぬ感謝を。

雨木シュウスケ

富士見ファンタジア文庫

鋼殻《こうかく》のレギオス 4

コンフィデンシャル・コール

平成18年10月25日　初版発行
平成21年1月25日　十七版発行

著者——雨木《あまぎ》シュウスケ《しゅうすけ》

発行者——山下直久

発行所——富士見書房
〒102-8144
東京都千代田区富士見1-12-14
http://www.fujimishobo.co.jp
電話　営業　03(3238)8702
　　　編集　03(3238)8585

印刷所——旭印刷
製本所——本間製本

ISBN978-4-8291-1871-9 C0193